불어먹은 아이돌

샤이나크 현대판타지 장편소설

빌어먹을 아이돌 6

초판 1쇄 발행 2024년 7월 19일

지은이 ׀ 샤이나크
발행인 ׀ 최원영
편집장 ׀ 이호준
편집디자인 ׀ 최은아
영업 ׀ 김민원 조은걸

펴낸곳 ׀ ㈜ 디앤씨미디어
등록 ׀ 2002년 4월 25일 제20-260호
주소 ׀ 서울시 구로구 디지털로32길 30 코오롱디지털타워빌란트 1301-1308호
전화 ׀ 02-333-2513(대표)
팩시밀리 ׀ 02-333-2514
E-mail ׀ papy_dnc@dncmedia.co.kr
블로그 ׀ blog.naver.com/gnpdl7

ISBN 979-11-364-5470-6 04810
ISBN 979-11-364-5289-4 (SET)

※ 저자와 협의하여 인지는 붙이지 않습니다.
※ 이 책은 ㈜ 디앤씨미디어(파피루스)가 저작권자와의 계약에 따라 발행한 것으로 본사와 저자의 허락 없이는 어떠한 형태나 수단으로도 내용을 이용할 수 없습니다.

Vol. 6

PAPYRUS MODERN FANTASY

불어먹은
아미돌

샤이나크 현대판타지 장편소설

PAPYRUS
파피루스

Album 11. 노이즈
...... 7

Album 12. The First Day
...... 181

Album 11. 노이즈

 미국에 있을 때 애용하던 개발업체 〈에이엔비 엔진〉을 간신히 찾아냈다.
 워낙 평판이 좋은 곳이라서 쉽게 찾을 줄 알았는데, 내가 시기를 좀 착각했더라.
 현시점의 에이엔비 엔진은 적자에 허덕이면서 숨만 쉬고 있는 상황이다.
 2~3년 안에 어떤 프로젝트를 성공시키면서 상승 기류에 올라타는 모양인데, 지금은 영.
 그래서 고민을 좀 했다.
 훗날에는 수많은 개발자와 인맥으로 무장한 최고의 업체가 되지만, 지금은 스타트업만 간신히 면한 소형 개발사니까.

하지만 결국은 의뢰를 하기로 했다.

"그런 거면 우선 필요한 기능만 집어넣어서 가오픈을 하면 되지 않을까요?"

"가능할까요? 제가 개발 쪽은 잘 모르지만, 모든 기능이 엮여 있지 않습니까?"

"말씀하신 부분은 독립 시행 위주로 로직을 짜면 됩니다."

대표와 미팅을 해 봤는데, 내가 원하는 걸 정확히 캐치하고, 그 이상을 제시하는 게 마음에 들었다.

만족할 때까지 수정을 해 주겠다는 조항도 마음에 들었고, 외주 인력 풀을 총동원해서라도 4주 안에 만들어 보겠다는 의지도 좋았다.

뭐, 물론 내가 엄청난 금액을 베팅한 덕분이긴 하다.

처음 미팅을 갔을 때, 대표가 날 알아보고 눈을 엄청나게 크게 떴었다.

더 이상 크게 뜰 수 없을 정도로.

하지만 내가 프로젝트 총액으로 제시한 금액을 듣고는 눈이 더 커지더라.

외계인인 줄 알았다.

"그럼 잘 부탁드리겠습니다."

"최대한 빠르게 진행하고, 수시로 연락드리겠습니다. 저 근데……."

"네?"

"사인 좀……. 제 와이프가 한시온 씨의 엄청난 팬이라서."

"아하. 그래도 오픈 전까지는 개발 사항에 대한 비밀 유지 좀 부탁드리겠습니다."

"물론입니다. 사인은 개발이 끝나고 주죠, 뭐."

"개발이 끝나면 공연 티켓을 드릴 테니 사모님과 함께 오시죠."

"덕분에 한 달 정도 집에 안 들어가도 바가지를 피할 것 같습니다."

덕담과 함께 사인을 해 주고는 개발사를 빠져나왔다.

이게 끝이 아니다.

오늘은 미팅할 게 진짜 많다.

그 다음으로 향한 곳은 BVB 엔터테인먼트였다.

NOP를 만나기 위해서가 아니다.

내가 만나려는 사람은 서승현 팀장이었다.

"퇴사하시죠."

"네?"

"세달백일 엔터테인먼트로 모시고 싶은데."

세달백일 엔터테인먼트는 농담으로 한 말이지만, 스카웃 제의는 진심이다.

서승현 팀장은 전생에서 만난 적이 없는 사람이지만,

현생에서 충분한 능력을 발휘하는 걸 목격했다.

내 요구를 전적으로 수용했고, 실행했다.

물론 내가 무리한 요구를 한 적은 없다.

쇼 비즈니스 업계의 룰에 맞춰서 적당한 목표들을 제시했으니까.

하지만 그 목표를 달성하는 방법이 마음에 들었다.

나를 위한 조언을 할 때는 깔끔하게 조언만 하고, 본인의 이득을 취할 때는 나에게 알려 줬다.

이렇게 일을 하는 사람이 그렇게 많지 않다.

게다가 서승현 팀장은 라이언 엔터와 세달백일의 관계에 대해서 단 한 번도 질문을 던지지 않았다.

호기심 때문에 물어볼 법도 한데, 본인의 역할에 맞춘 선을 잘 지켰다.

지난번에도 생각했지만, 꽤 괜찮은 사람이다.

회귀자의 인맥 안에 집어넣을 정도로.

"갑자기요?"

"대충 상황 아시잖아요? 라이언 엔터랑 투닥투닥."

"제가 별 도움이 안 될 것 같습니다만."

"도움을 바라는 게 아닙니다. 서포팅을 바라는 겁니다."

도움과 지원은 다르다.

도움은 손을 내밀어서 당겨 주는 느낌이라면, 지원은

뒤에서 등을 밀어 주는 느낌이다.

우린 매니저도 필요하고, 팬클럽을 관리할 사람도 필요하다.

언제까지나 내가 운전을 할 수도 없는 노릇이고, 멤버들끼리 팬클럽을 관리하는 것도 웃기다.

하지만 아무나 뽑는 건 별로다.

최대호의 프락치가 들어올 수도 있는 거고, 처음엔 프락치가 아니었지만 나중에 프락치가 될 수도 있는 거니까.

그런 의미에서 서승현 팀장은 꽤 도움이 될 거다.

100%를 커버하길 기대하는 건 아니지만, 너무 티 나는 프락치들은 걸러 줄 수 있지 않겠는가.

"가능하면 BVB에서 다른 스태프들을 고용하는 것도 좋을 것 같아요."

"아직 한다고 안 했습니다만."

"연봉 1.5배."

"솔직히 앞으로 세달백일이 어떻게 될지 모르는데 BVB의 근속년수를 생각하면……."

"연봉 2배."

"최선을 다하겠습니다."

피식 웃으며 말했다.

"스태프들 세팅도 좀 해 주세요."

"노력은 해 보겠지만, 전 한시온 씨의 능력을 아니까 결정이 쉬운 겁니다. 다른 직원……."

"회사 매출 3%를 팀 인센티브로 책정할게요. 순이익 말고 매출."

"……몇 명이나 데려올까요?"

"팀장님이 필요하다고 생각되는 만큼요."

"사이즈는 천천히 키워야죠. 일단 저 빼고 다섯 명 정도 모아 보겠습니다. 대신 전부 BVB에서 데려오진 않겠습니다."

"BVB가 저희를 미워할 수도 있으니까요?"

"네. 라이언 엔터와만 싸워야죠. 근데 세달백일이란 팀 명은 유지할 겁니까?"

"네."

좋잖아. 세달백일?

"그럼 회사명은 이니셜로 하시죠. SDBI 어떻습니까?"

"무슨 대륙간탄도미사일 같네요."

"그건 ICBM입니다."

"아무튼요. 근데 그건 왜요?"

"솔직히 좀……."

좀?

"창피하지 않나요?"

서승현 팀장의 연봉 인상률을 1.99배로 낮춰야겠다.

난 그 뒤로 서승현 팀장에게 세달백일과 관련된 이야기들을 전해 줬다.

 서승현 팀장이 어디 카페에서 아르바이트를 하는 것도 아니고, 당장 BVB에서 퇴사할 수는 없다.

 인수인계도 해야 하고, 스태프들을 모으는 데도 좀 걸리겠지.

 하지만 그래도 우리가 무슨 계획을 가지고 있는지 알아 둘 필요는 있다.

 서 팀장은 컬러 쇼라는 말에 깜짝 놀라더니 이것저것을 물었다.

 그리고는 우리가 포트폴리오를 준비 중이라는 말에 애매한 표정이 되었다.

 "컬러스가 꽤 열려 있는 업체인 건 맞지만, 포트폴리오로 선정이 될까요?"

 된다니까.

 내가 그 사람들 발작 버튼을 정확히 안다.

 하지만 설명해 줄 수 없으니 어깨만 으쓱했다.

 "한 가지 더 이상한 건, 지금까지 최대호가 너무 가만히 있었다는 겁니다."

 "그건 동의합니다. 아마 세달백일에 대한 미련을 완전히 끊지 못했던 것 같아요."

 우리가 주간 차트 1위를 차지했음에도 여전히 연예 기

사란에는 세달백일이란 이름이 없다.

'언더독의 반란'이나 '중소돌의 기적' 같은 수식어로 기사가 쏟아져도 모자라지 않은데.

이는 여전히 최대호가 상황을 통제하고 있음을 뜻하지만, 동시에 공격 태세를 취하고 있지 않음을 의미했다.

서승현 팀장이 말했다.

"그 사람, 집요한 사람입니다. 괜히 이름이 대호가 아니에요."

"그러니까 대형 기획사를 일궜겠죠."

"저도 채널을 좀 열어 두긴 할 텐데, 마음의 준비를 해 두셔야 할 듯합니다."

"아, 참. 혹시 테이크씬 데뷔 일정을 구체적으로 알 수 있을까요?"

"그거야 쉽죠. 어차피 중간에 낀 업체가 거기서 거기인데."

"그럼 티저 일정이랑 뮤직비디오 일정 좀 알아봐 주시죠."

"그건 왜요?"

서승현은 최대호가 집요하다고 했지만, 내가 보기엔 아니다.

내가 더 집요한 놈이니까.

"다음에 설명드릴게요. 참, 로드 매니저는 최대한 빨리 구해 주셔야 합니다."

"아직 연봉 계약서도 안 썼는데요."

"오기 전에 메일로 보냈습니다."

"어?"

* * *

찰칵.

"이번엔 살짝 사선으로!"

포토그래퍼의 요구에 이이온이 이런저런 포즈를 취했다.

다들 커밍업 넥스트에서 화보 촬영을 해 봐서 그런지 능숙하다.

"와, 한시온 씨는 어디서 모델 일 해 봤어요?"

물론 내가 제일 능숙하지만.

온새미로는 여전히 잘 못한다.

이름의 뜻 그대로 변함없는 상태를 잘 유지하는 것 같다.

"어떻게 그렇게 하는 거야?"

가장 먼저 개인 컷 촬영을 끝내고 내려오자, 온새미로가 질문을 던졌다.

보기 좋은 광경이다.

자신에게 부족한 걸 물어볼 수 있다는 거 자체가, 마음의 여유가 있는 거니까.

"결과물을 상상하지 마."

"응?"

"포즈를 취하면서 이게 어떤 사진으로 나올지를 상상하지 말라는 소리야."

"그럼 뭘 상상해?"

"네 사진을 보고 사람들이 보일 반응을 상상해 봐. 결과물의 결과를 상상하라는 소리야."

 연기를 배울 때 들었다.

 결과의 결과를 상상해서 감정선을 더 진하게 가져가는 거다.

 연기의 방법론이 이거밖에 없는 건 아니지만, 온새미로는 찌질하니까 이게 적절하다.

 내 말을 들은 온새미로가 몇 번 얼굴 근육을 움직여 보더니 은근한 목소리로 물었다.

"근데 저번에 페이드 때렸잖아."

"맞아."

 즐거운 기억이었지.

"그 뒤로 별일 없었어?"

 아쉽게도 없었다.

 페이드가 원하면 국제 심판 불러다가 원하는 룰로 한

판 떠 줄 마음도 있는데.

"왜 가만히 있지?"

온새미로가 고개를 갸웃하자, 피식 웃으며 대답했다.

"너도 가만히 있잖아."

"응?"

"페이드가 너한테 욕한 거 아니었어?"

"그건 네가 갚아 줬잖아."

"네가 직접 갚은 건 아니잖아?"

"뭐 어때. 팀이 갚은 건데."

그때 온새미로의 차례가 다가왔다.

"온새미로 씨!"

"네, 갑니다."

포토그래퍼와 대화를 나누는 온새미로를 보며 어깨를 으쓱했다.

아직 다 갚아 준 게 아닌데.

그렇게 꽤 긴 시간이 흐른 뒤에 우리의 촬영이 끝이 났다.

오늘 우리가 찍은 건 세달백일 팬클럽 1기에게 제공할 포토 카드였다.

보통 팬클럽에 가입하면 키트를 받을 수 있는데, 거기는 포토 카드를 비롯한 이런저런 굿즈들이 담겨 있다.

잘 모르는 문화라서 좀 찾아봤는데, 내 생각보다 퀄리

티가 훨씬 괜찮아서 놀랐다.

물론 굿즈의 퀄리티로 조롱을 받는 그룹이 없는 건 아니지만, 오히려 그런 팀이 드물다.

대부분 2.5만 원에서 4만 원 사이의 가입비 이상의 가성비를 내는 물품들이다.

물론 이게 진짜 팬들이 너무 사랑스러워서 그럴 리는 없다.

아이돌 그룹의 멤버들이야 그런 생각을 할 수도 있겠지만, 자본주의로 운영되는 회사는 아니다.

팬클럽 가입은 일종의 게이트다.

원래 모든 구매 허들은 한 번 넘기가 어렵지, 두 번부터는 쉽다.

그러니 팬클럽 가입의 구성 상품을 풍요롭게 만들어서 팬들이 허들을 넘게 만드는 거다.

그렇게 덕질 게이트 안으로 들어간 이들은 다음부터는 보다 손쉽게 굿즈를 사게 될 거고.

하지만 우리는 회사가 없고, 멤버들은 철이 없다.

어떻게든 팬들에게 최고의 굿즈를 주고 싶어서 안달이 나 있더라.

물론 나도 오케이를 했다.

팬은 날 구원해 줄 수 있는 유일한 존재니까.

뭐든 해 줄 수 있다.

그렇게 멤버들의 소망을 담은 굿즈를 하나씩 제작하고 있다.

최재성은 피규어, 이이온은 텀블러와 컵 세트, 구태환은 가습기, 온새미로는 담요와 보조 배터리다.

구태환은 가습기에 집착하는 경향이 있는 것 같다.

참고로 나는 CD 플레이어를 주려고 했다가 멤버들에게 퇴짜를 맞았다.

자칫 잘못하면 CD 플레이어를 받기 위해서 팬클럽에 가입하는 이들이 있을 수 있다며.

그래, 인정한다.

내 개인 욕망이 반영됐던 굿즈다.

대중음악가들 중에서 악마의 계산법으로 피지컬 앨범 판매 2억 장을 넘긴 이들은 존재한다.

비틀즈, 엘비스 프레슬리, 마이클 잭슨, 마돈나, 엘튼 존 등등…….

하지만 이들은 모두 실물 음반의 시대를 살았던 뮤지션들이다.

음악을 CD나 LP판 같은 피지컬 장치로 듣는 게 당연했던 세대.

하지만 지금은 음악을 CD로 들으면 특이한 거다.

아니, 애초에 집에 CD를 재생할 장치조차 없는 이들이 더 많다.

컴퓨터에 CD 롬이 없어진 지도 오래됐고.

이건 진짜 너무한 거다.

대체 나 같은 악마 계약자는 뭘 먹고 살라는 거지.

디지털 싱글 10억 장 팔기가 훨씬 쉬울 것 같다.

잠시 그런 생각을 하다가 흥분을 가라앉혔다.

어쩔 수 없지.

그래서 난 CD 플레이어 대신 다양한 상품들을 굿즈에 담았다.

멤버십 카드, 스티커, 키링, 카드 홀더 같은 거.

물론 우리가 제일 공을 들인 건 포토 북과 포토 카드였다.

멤버들과 회의 끝에 포토 컨셉에 두 가지 안건이 채택되었다.

첫째는 세계관 유지.

우리는 시간 여행 컨셉을 유지한다.

그래서 포토 카드의 좌측 상단에 연도가 쓰여 있다.

여기서 두 번째 안건이 나왔는데, 랜덤 요소를 완전히 없애지는 말자는 것이었다.

원하는 멤버의 포토 카드를 받을 수 있는 건 좋지만, 그 대신 카드의 연도에 랜덤적 요소를 넣자는 것.

무작위성도 분명 즐길 수 있는 콘텐츠 중 하나니까.

일단 단체 컷과 개인 컷이 빼곡하게 들어간 포토 북 자체는 공통 물품이다.

하지만 3장의 포토 카드는 어떤 멤버의 것을 받을지 선택할 수 있는데, 여기에 랜덤 요소가 들어간다.

90%의 확률로 2017년.
9%의 확률로 2007년.
1%의 확률로 1997년.
그리고 0.1%의 확률로 특별 컷.

특별 컷은 서로가 서로의 의상을 골라 줬다.

참고로 내가 이온 형의 옷을 골라 줬는데, 운동을 열심히 한 보람을 느끼라고 상체 탈의를 시켰다가 욕을 먹었다.

처음에는 억지로 운동을 시켰지만, 요즘은 알아서 하던데.

보여 주고 싶지 않나?

아, 아직 근육이 부족해서 부끄러운 거면 인정이다.

아무튼 그래서 우리는 내일 또 화보 촬영을 해야 한다.

오늘 2017년 버전을 전부 찍었으니, 내일은 2007년과 1997년 버전을 찍을 차례다.

그런 생각을 하며 포토그래퍼와 내일 촬영에 대한 의견을 나누고 있는데, 갑자기 최재성이 헐레벌떡 다가왔다.

"형······!"

"응?"

"이것 좀 보셔야 할 것 같은데."

"뭔데?"

최재성이 내미는 핸드폰 기사를 보고는 피식 웃었다.

[세달백일, '템퍼링' 의혹 공정위로.]

어쭈, 최대호.

이런 식으로 나오겠다?

"기사 보니까, 라이언 엔터가 저희를 공정거래위원회에 신고했다던데요."

"어, 타이틀만 봐도 알겠네."

"말이 안 되지 않아요? 커밍업 넥스트 끝나면 거취가 자유랬는데······. 템퍼링은 계약 끝나기 전에 사전 접촉한 거잖아요."

"정확히는 우선협상권이 라이언 엔터에 있었을걸?"

"그럼 어떻게 돼요?"

출연 계약서의 조항으로는 우리가 꿀릴 게 없다.

해석의 여지를 달리 가져갈 수 있는 부분들이 있긴 했지만, 그건 그냥 참가자들을 협박할 수 있는 부분 정도였다.

아마 커밍업 넥스트를 엠쇼와 함께 제작했기 때문에 계

약서를 클린하게 만든 것 같다.

  엠쇼 입장에서는 혹시 모를 지저분할 상황에 끼어들고 싶지 않을 거니까.

  여기에 아마 최대호도 쉽게 생각했을 거다.

  이제 스무 살짜리 참가자들을 어르고 달래서 라이언 엔터와 계약시키는 게 어렵지 않다는 판단하에.

  뭐, 내가 없었으면 실제로도 그랬을 거고.

"신경 쓸 필요 없어."

"정말요?"

"어. 내가 숙소로 돌아가서 설명해 줄게."

  여기서 할 수도 있겠지만, 보는 눈이 좀 많다.

  근데, 정말 신경 쓸 일이 아니다.

  최대호의 생각은 뻔히 보인다.

  아마 두 가지를 계산하고 낚싯대를 던졌을 거다.

  첫 번째로는 우리 뒤에 누가 있는지다.

  아마 우리가 팬클럽을 모집하고, 굿즈를 제작한다는 소식을 접한 것 같다.

  이 바닥이 다 거기서 거기니까.

  여기서 당황했을 거다.

  나락 탐지기 출연, 자컨 제작, 음원 등록까지는 우리 힘으로 할 수 있는 일이지만.

  팬클럽 모집과 굿즈 제작은 좀 이상하니까.

그러니 혹시 우리 뒤에 어떤 자본이 있지 않을까 의심스러워서 낚싯대를 던져 보는 거다.

템퍼링으로 고발도 아니고, 템퍼링으로 신고니까.

두 번째는 이게 잽일 수도 있다.

누군가의 이미지를 망가트린답시고 처음부터 큰 걸 터트리는 건 하수다.

작은 잽들을 날리고, 대중들이 뾰족한 시선을 던지게 만든 다음에 큰 걸 터트려야 한다.

그러면 '그럼 그렇지'라는 말이 나온다.

이거, 진짜 잔인한 말이다.

원래 그런 놈들이라는 걸 무의식적으로 깔고 가는 거니까.

하지만 좀 재밌네.

왜 최대호는 이런 걸 본인만 할 수 있다고 생각하는 거지?

바로 핸드폰을 들어서 최대호에게 메시지를 보냈다.

[대표님, 여기까지 하시는 게 좋지 않을까요? 서로 상처받을 필요 없지 않습니까?]

즉시 답장이 날아온다.

[네가? 할 수 있으면 해 봐.]

쿨한 허락 고맙네.
물론 내가 최대호의 허락을 구하자고 메시지를 보낸 건 아니다.
지금부터 벌어질 일이 누구 손에서 시작됐는지를 알고 있으라고.
그래야지 나를, 그리고 세달백일을 무서워할 테니까.
원래는 EP 앨범을 낼 때 하려던 짓인데……
이제 시작하게 될 것 같다.

　　　　　＊　＊　＊

-템퍼링이 사전 접촉이잖아. 그니까 세달백일이 커밍업 넥스트 끝나기 전에 다른 회사랑 접촉했다는 건가?
-ㅇㅇㅇ 그런 듯.
-아니 근데 ㅈㄴ 애매하지 않냐. 컨 끝나면 참가자들은 가고 싶은 곳 갈 수 있다며.
-라이언한테 우선협상권이 있었다는데, 그냥 빤스런 친 듯?
-그럼 세달백일이 멍청한 건데. 우선협상권 대상자랑 끝까지 소통을 한 다음에 다른 회사랑 계약했어야지.

-니가 더 멍청한 듯ㅋㅋㅋ 저게 진짜 그냥 협상이었겠음? 칼 들고 협박하지.

-ㅇㅇㅇ 누칼협 협상법 100%임.

-니들 눈치 ㅈㄴ 없네. 세달백일이 주간 차트 1위를 2주째 하고 있는데 기사 하나 안 나온 거 보면 모르냐? 라이언이 압박하고 있는 거임.

-ㅇㅇㅇ 이 뻔한 거 모르는 사람들 꽤 많더라.

-그래서 세달백일 회사는 어딘데?

-숙소 잡아 준 곳이겠지.

-아니 ㅅㅂ 이게 대답이냐

세달백일과 관련된 이야기로 아이돌판이 불타기 시작했다.

템퍼링이 맞느냐, 템퍼링이라는 단어를 써도 되느냐, 세달백일이 잘못한 게 맞느냐 등등.

포커스는 세달백일에게 맞춰진 상태였다.

한데, 어느 순간부터 슬금슬금 이슈가 커밍업 넥스트로 넘어가기 시작했다.

-아니, 근데 커밍업 넥스트에서 테이크씬이 우승한 거 에바 아니냐?

-ㅇㅇ 누가 봐도 세달백일 우승 각이었는데.

-차트 성적만 봐도 세달백일은 미션곡 전부 1위였음
 -심지어 한시온은 솔로로 월간 차트 1위 곡에다가 주간 차트 1위 곡 두 개 발매했음.
 -심사위원들이 팀적으로 테이크씬이 더 좋았다잖아.
 -그게 말이 되냐ㅋㅋㅋ 솔직히 내가 세달백일이어도 불만 품을 만했을 듯.
 -다들 잊고 있는 것 같은데, 아직도 커밍업 넥스트가 제작된 이유를 모름. 최대호가 뭉개고 넘어가서.
 -ㅇㅇㅇ 맞음.
 -데뷔 전에 테이크씬 띄우기 위해서 만든 프로그램인데 세달백일이 너무 히트 쳐서 이 모양 난 거임.
 -그럴듯하긴 한데 뇌피셜 아님? 근거가 없잖아.
 -이런 거에 근거가 어딨음.
 -근거 없으면 중립 기어 박으셈. 괜히 테이크씬만 불쌍하잖아.

 최대호가 당황스러워할 만한 설왕설래가 오갈 때쯤.
 아이돌판의 거주자들이 가장 많이 상주하는 커뮤니티에 글이 하나 올라왔다.

 [이거 테이크씬 우승이 조작이라는 증거 아니냐?]

타이틀만 봤을 때는 흔한 어그로였다.

실제로도 이런 어그로글이 꽤 많이 올라오고 있었다.

'세달백일이 우승한 증거' 같은 제목으로 이이온의 사진만 달랑 올리는 식으로.

하지만 또 이런 어그로에 끌려 주는 게 커뮤니티 유저들이었다.

꽤 많은 이들이 글을 클릭했다.

그리고는 심각한 얼굴이 되었다.

-와, 이거 뭐야?
-진짜임?

커밍업 넥스트의 첫 번째 팀 미션은 자체 제작 미션이었다.

여기서 세달백일은 업타운 펑크를 편곡한 〈서울 타운 펑크〉를.

테이크씬은 마룬 파이브의 〈SUGAR〉를 편곡해 불렀다.

아이돌 연습생들이 유명 팝을 본인들의 느낌으로 소화하는 건 흔한 일이다.

실제로 테이크씬은 이미 월말 평가 때 한 번 건드렸던 곡을 다시 시도한 것이었다.

조작 같은 건 아니었다.

이미 완성된 곡으로 기만을 한 게 아니라, 한 번 피드백받았던 부분을 반영했을 뿐이니까.

하지만 굳이 시청자들이 알아서 좋을 건 없었기에, 방송에 이런 내용이 들어가진 않았다.

경쟁 출연자인 세달백일이 알 수 있는 내용도 아니었고.

하지만 그들이 몰랐던 건, 한시온이 이 사실을 현장에서 눈치 챘다는 것이었다.

-

블루 유투브 채널 보면 2년 전 영상 있는데, 크리스마스에 라이언 엔터에 방문해서 후배 연습생들에게 선물 주는 내용이거든?

여기 보면…….

-

특별한 영상은 아니었다.

그저 블루가 선행의 개념으로 연습생들에게 크리스마스 선물을 주고, 고민을 들어 주는 흔하디흔한 콘텐츠.

그렇기에 연습생들의 춤과 노래를 모니터링해 주며 조언을 해 주는 장면도 있었다.

여기에 글 작성자가 언급한 포인트가 있었다.

블루가 연습생들의 무대를 지켜보는 장면이 빠른 컷 전환으로 편집되면서…….

마룬 파이브 〈SUGAR〉의 한 소절이 흘러나오는 것이었다.

-

블루 얼굴 잡아 주느라 누가 노래를 부르는지는 안 나오는데, 여기 거울 보임?

이때 테이크씬 6인 체제 연습생이었는데…….

-

신빙성이 높은 증거는 아니다.

증거라고는 그저 마룬 파이브의 노래가 흘러나오면서 테이크씬으로 보이는 이들이 평가를 받았다는 것이니까.

억까라고 조롱당해도 할 말 없는 증거고, 심지어 '그래서 뭐?'라는 반응이 나올 수도 있었다.

월말 평가 때 부른 노래 좀 부를 수 있는 거니까.

하지만 원래 모든 글에는 기승전결이 필요한 법이다.

이건 기-승이었다.

전-결은 커밍업 넥스트의 마지막 무대였던 〈자유곡 미션〉에 있다.

이걸 준비하며 한시온이 멤버들에게 했던 말.

"자유곡의 의미도 알려 줄까?"
"거기도 의미가 있어?"
"라이언 엔터가 야심 차게 키운 테이크씬. 데뷔 곡은 씬스틸러로 정해졌다지만, 과연 그 한 곡만 모집했을까?"

절대 아닐 거다.
수십 개의 곡을 받고, 2, 3곡 정도를 후보로 추리고, 마지막의 마지막까지 고민했을 거다.

"그런 곡들 중 하나를 부를 확률이 높아요. 어쩌면 후보곡이 아니라 씬스틸러 뒤에 나올 후속곡을 불러 버릴 수도 있죠."
"즉, 마지막 무대는 우리가 무슨 짓을 해도 테이크씬의 승리로 방송된다는 겁니다. 없는 장면을 만들어 내서라도."

한시온은 자신이 테이크씬이 아닌 세달백일을 선택한 순간부터 어떤 일이 벌어질지를 명확하게 예측하고 있었다.
그리고 그는 회귀자다.
모든 상황을 컨트롤하는 걸 좋아하는.
가만히 있을 리가 없었다.

―

 이게 테이크씬이 자유곡 미션에서 부른 노래 데모 곡임.

 제작 시점 보임?

 10개월 전임ㅋㅋ;

 테이크씬이 가이드 녹음한 버전도 일부 첨부함.

 안무 영상은 나한테 없는데, 안무까지 다 만든 걸로 앎.

 어떻게 구했는지는 물어보지 말자, 솔직히 지금 개쫄리니까.

 참고로 테이크씬 데뷔 곡이 '씬스틸러'라는 곡인데, 이 곡이랑 최종까지 경쟁했던 곡임.

―

 꽤 의미심장한 이야기였다.

 첫 번째 미션이었던 자체 제작과 마지막 미션이었던 자유곡.

 이 두 무대를 테이크씬이 미리 준비했다면?

 그 사이에 있는 무대들도 뻔한 게 아닐까?

 이런 이야기를 던지는 것이었다.

 게다가 만일 테이크씬의 데뷔 곡이 발표됐는데 곡명이 '씬스틸러'라면 이야기에 신빙성이 더해진다.

하지만 이 글은 교묘하게 작성된 물타기였다.

템퍼링이라는 최대호의 공격을 '커밍업 넥스트의 기획 의도'로 틀었고, '커밍업 넥스트는 조작'으로 변질시켰다.

그리고 이 모든 일을 수행한 건, 한시온이 고용한 다수의 영세 홍보 대행사들이었다.

업체 규모가 너무 작아서 최대호의 레이더망에 걸리지도 않는.

이야기가 퍼져 나가는 건 순식간이었다.

* * *

자진해서 공정거래위원회에 출석했다.

아직 출석 요구서가 날아온 건 아니지만, 곧 팬클럽 모집을 시작하니 빠르게 처리하는 게 좋을 것 같아서.

공정위는 내 전화를 받고 당황한 듯했지만, 오히려 빠르게 처리할 수 있게 됐다며 좋아하는 것 같았다.

뭐, 당연한 반응이다.

여긴 그냥 공무원 집단이다.

시끄러운 이슈는 최대한 빠르게 해결되길 원하고, 그 과정에서 자신들에게 일거리가 생기지 않기를 바라는.

그래서 그들이 원하는 바를 충족해 줬다.

"아니, 이게······."

공정위 직원이 어안이 벙벙한 표정을 짓는다.

"말씀하시죠."

"그러니까 이 모든 행위의 자금 출처가 한시온 씨의 개인 자금이라는 거죠?"

"네. 아까 드린 게 사실 관계를 증명할 수 있는 서류입니다. 법무, 세무 대리인과 함께 작성했습니다."

"그, 그래요. 일단 좀 보죠."

공정위 직원이 서류를 훑기 시작했다.

사실 오늘은 서류를 검토할 필요가 없다.

아직 담당자가 배정된 게 아니고, 정식으로 조사가 시작된 것도 아니었으니까.

일종의 사전 협의 조사라고 해야 하나?

그러니 지금의 서류 검토는 순전히 본인의 호기심을 풀기 위한 행위였다.

하지만 호기심이 풀리긴커녕 더 커진 듯했다.

"여기 적힌 소득 내용이 맞아요? 정말 이렇게 많은 투자 수익을 거뒀다고요?"

"맞습니다."

"아니, 어떻게요?"

"열심히 노력했습니다."

"난 노력이 부족했나……?"

저도 모르게 중얼거린 직원이 화들짝 놀라며 표정을 관

리했다.

"사실 관계는 다시 한번 확인해 봐야겠지만, 이게 사실이라면 금방 발표가 나갈 겁니다."

"감사합니다."

당연한 결과였다.

우리가 라이언 엔터를 무시하고 다른 회사와 계약을 한 거라면, 법리 해석 싸움으로 번질 여지가 있다.

라이언이 이길 수 있는 싸움은 아니겠지만, 언론 플레이를 진행하며 시간을 질질 끌면 꽤 귀찮아진다.

그룹 이미지에 손상이 가기 때문이었다.

하지만 우리는 독립을 했다.

여기에 그 누가 딴지를 걸 수 있단 말인가?

'우리와 계약하지 않으면 너 큰일 날 거다.'라고 말하는 건 마피아나 야쿠자밖에 없다.

논리 싸움이 불가능하니, 라이언 엔터가 붙들고 늘어지면 조롱만 받을 거다.

아마 이 사실은 조만간 최대호의 귀에 들어갈 거다.

공정위에도 인맥이 있을 테니까.

"조사관이 배정되면 연락이 오나요?"

"그럼요."

"알겠습니다."

조사관이 삐딱하게 나올 여지는 없다.

내 뒤에는 최지운 변호사가 있으니까.

다시 생각해 봐도 최지운에게 재산의 절반을 베팅한 건 잘한 일이다.

거기서 첫 단추를 채운 거니까.

그렇게 사무실을 빠져나오려는데, 직원이 헐레벌떡 달려오는 게 보였다.

"저기……."

뭔가 싶어서 쳐다보니, 귓속말을 건넸다.

"혹시 전망 좋은 주식이 있을까요?"

아하.

하긴 어제 최지운 변호사도 비슷한 이야기를 했었다.

내가 투자로 돈을 번 건 알았지만, 이 정도일 줄은 몰랐다고.

사실 내 입장에서는 적당히 조절하면서 번 거다.

말이 안 되는 수준의 거래 기록을 쌓아 버리면 위험할 수도 있어서, 일부러 손해를 보는 종목도 넣었다.

아무튼 대답은 해 줘야겠지.

"2017년은 전반적으로 괜찮지 않을까요? 장이 좋아서."

"그래요?"

"네. 근데 사면 절대 안 되는 주식은 있죠."

"뭔데요?"

"라이언 엔터요."

　　　　　＊　＊　＊

 한시온이 촉발시킨 커밍업 넥스트 조작 이슈는 사그라질 줄 몰랐다.

 당연한 일이었다.

 커밍업 넥스트는 시청률 11%를 돌파한 프로그램이고, 온라인에서는 그 이상의 파급력이 있었다.

 이는 한 마디씩 보탤 수 있는 시청자들이 어마어마하게 많다는 뜻.

 이제는 특정 세력이 여론을 조작할 수 있는 타이밍을 넘어섰다.

 적나라하게 흘러나오는 대중들의 반응이 이슈를 이끌기 시작한 것이다.

 그리고 그 여론은 일방적이었다.

─ㅋㅋㅋㅋㅋ아니 이렇게 하고도 테이크씬이 진 거라고?
─그니까ㅋㅋㅋ 추하네ㅋㅋ
─그래도 우승은 테이크씬이 한 거 아님?
─이 정도로 편파적이었으면 심사위원들 평가는 못 믿지.
─ㅇㅇㅇ 맞말임. 믿을 건 음원 성적인데, 비교가 되나?

-가로등 아래서는 연간 차트 30에도 들 거 같던데ㅋㅋㅋ
-레주메는 거의 확정임ㅋㅋ

물론 최대호가 손을 놓고만 있었던 건 아니었다.
어떻게든 여론을 비벼 보려는 노력은 했다.

[라이언 엔터, 허위 사실 유포에 강경 대응할 것.]
[커밍업 넥스트, "특정 출연자에 대한 편애는 전무"]

수면 위에서는 반박 기사를 냈고.

[이이온이 전 소속사 나온 썰]
[구태환 학폭 논란(+증거 첨부)]
[님들 최재성 부모님이 누군지 앎?]

수면 아래에서는 또 다른 노이즈를 만들어 내려고 노력했다.
무리수라는 걸 알고는 있었지만, 이대로 손을 놓고 있기에는 여론이 너무 강력했으니까.
하지만 대중들도 바보는 아니었다.

-ㅋㅋㅋㅋㅋㅋ사람을 바보로 아나. 여기 어디에 증거

가 있음?ㅋㅋ 전부 뇌피셜뿐인데.
 -라하다 추이언.
 -라이언 홍보팀 키보드 부서지겠다야ㅋㅋㅋㅋ
 -돌판이 만만해 보이냐?

만일 공격의 순서가 바뀌었다면.
아니, 한시온의 공격이 조금만 덜 예리했어도 이 정도까지 오진 않았을 것이다.
하지만 한시온의 공격은 폐부를 찌를 듯이 날카로웠다.
템퍼링 의혹을 커밍업 넥스트 기획 의도로 옮기고, 그걸 조작 의혹으로까지 드리블했으니까.
물론 수많은 홍보 대행사를 이용했기 때문에 자세히 들여다보면 어색한 지점들이 많다.
하지만 더 이상 대중은 그런 지점에 관심을 갖지 않는다.
그들이 궁금한 건 테이크씬이 사전에 준비된 곡으로 프로그램을 진행했는지였다.
물론 해명할 수 있을 리가 없었다.

 -라이언 입꾹단 보소ㅋㅋㅋㅋ
 -아무 말도 못하는 거 보면 뻔하지 않냐?

-데뷔 곡 제목도 헐레벌떡 바꾸고 있을 것 같은데.
-라이어ㄴ 엔터.
-ㅋㅋㅋㅋㅋㅋㅋ찢었다.
-라이어ㄴㅋㅋㅋㅋㅋㅋㅋㅋ

테이크씬이 사전에 준비된 곡으로 커밍업 넥스트를 소화했던 건 사실이니까.
결국 라이언 엔터는 입장문을 발표할 수밖에 없었다.

-

안녕하세요. 라이언 엔터입니다.
현재 인터넷상에서 무분별하게 확산되고 있는 허위 사실에 대한 당사의 입장을 밝히기 위해······.

-

요약하자면 이런 내용이었다.
이 모든 이야기는 거짓이고, 과장된 사실로 인한 오해다.
커밍업 넥스트의 마지막 미션은 자유곡이었고, 선곡에 대한 제약이 전혀 없었다.
이에 테이크씬은 연습생 시절에 만든 곡을 선곡했을 뿐이다.

과거에 제작된 곡은 맞으나, 회사 자본이 투입된 곡은 아니다.

테이크씬 멤버들이 친분이 있는 내부 작곡가와 재미 삼아 만든 곡이고, 추억이 담긴 곡을 커밍업 넥스트 무대에 맞춰서 불렀을 뿐이다.

인터넷에 유포된 글은 당시의 녹음 파일을 가지고 거짓 선동을 하는 거다.

반드시 유포자를 찾아내서 법적으로 강경 대응하겠다.

좋은 해명은 아니었다.

해명 글에 담긴 메시지는 '믿으려면 믿고, 말라면 마'에 가까웠으니까.

하지만 그렇다고 나쁜 해명도 아니었다.

전부 소설이긴 하지만, 논리 구조에 문제가 있는 건 아니었으니까.

최대호의 생각은 간단했다.

인터넷상의 이슈는 온 세상을 잡아먹을 듯이 타오르다가도, 일주일 만에 잠잠해진다.

그러니 시간만 뭉개면 된다.

어차피 훗날에는 '근거 없는 비방이라 해명할 것도 없는 걸 해명까지 했던 해프닝'으로 기억될 거니까.

실제로도 효과가 있는 듯했다.

추가 보도를 전부 막고, 바이럴 라인을 가동해 해명문

에 대한 긍정적인 여론을 퍼트리니, 버즈량이 줄어들기 시작한 것이었다.

물론 한시온은 이번 이슈를 계속 붙들고 늘어질 거다.

어떻게든 위에 올라탔을 때, 파운딩을 퍼부어야 하니까.

하지만 대중들은 똑같은 이슈에 대해서 민감하게 반응하지 않는다.

더 큰 자극이 없다면 금방 시들해질 것이고, 금방 이미 식어 버린 떡밥이 된다.

"개 같은 자식……."

그러니 속에서 천불이 끓더라도 일단은 인내해야 했다.

지금 당장은 최대호도 세달백일을 공격할 수가 없으니까.

테이크씬이 데뷔할 때까지는 테이크씬과 세달백일이 함께 묶이는 노이즈가 발생하면 안 된다.

최대호가 그런 생각을 하는 순간이었다.

지잉-

핸드폰이 진동하며 메시지를 토해 냈다.

발신자는 한시온이었다.

[대표님, 여기까지 하시는 게 좋지 않을까요? 서로 상

처받을 필요 없지 않습니까?]

 지난번과 똑같은 내용의 메시지.
 조롱하는 게 틀림없다.
 분노에 차오른 최대호가 한시온에게 전화를 걸려다가 멈칫했다.
 문득 한 가지 가정이 떠오른 것이었다.
 '지난번에 알겠다고 했으면 어떻게 됐을까?'
 테이크씬은 막대한 돈을 들여서 제작된 팀이다.
 예능 프로그램을 통째로 제작했으니 말 다했다.
 그러니 이 팀이 망해 버린다면 라이언 엔터는 일시적으로 휘청거릴 수도 있었다.
 한데, 한시온 때문에 상황이 꽤 불안해졌다.
 데뷔 일정을 더 이상 미룰 수도 없는데, 대중들이 어떤 반응을 보일지 모르겠으니까.
 그와 동시에 더블엠 엔터의 대표가 했던 말도 떠오른다.

 "차라리 지금 화해를 하시죠. 그냥 놓아주세요. 더 큰 화로 돌아오기 전에."

 정말 그랬다면······.

그 순간 최대호는 흠칫 놀라 버렸다.
말도 안 되는 생각이다.
평생 누군가와 경쟁했지만, 이런 생각을 해 본 적은 단 한 번도 없었다.
한데 왜…….
이런 생각이 든 것일까?
'내가 요즘 피곤하긴 했지.'
분노가 식어 버린 최대호는 지난번과 비슷한 메시지를 보냈다.

[어디 해 봐. 자신 있으면.]

답장은 없었다.
잠잠한 핸드폰을 보고 있으니, 분노가 사라진 대신 또 다른 감정이 차오른다.
한데 이 감정이 뭔지 모르겠다.
불쾌함? 꺼림칙함?
비슷하긴 하지만 좀 다른 것 같다.
최대호는 그런 생각을 하며 사무실을 빠져나갔다.
하지만 다음 날.
최대호는 인터넷 전체를 뒤덮은 또 다른 이슈를 보면서 자신이 느낀 감정의 정체를 깨달았다.

그건 불쾌함이 아니라······.

[테이크씬 페이드, 사과 동영상 유출.]
[페이드는 왜 한시온에게 사과를 했나?]
[커밍업 넥스트 스태프를 통해 밝혀진 촬영 비하인드.]

두려움이었다.

* * *

페이드가 나한테 보냈던 사과 영상은 써먹기 애매한 성질의 것이다.
정확히 말하자면 섣불리 공개했다가는 역풍을 맞기 딱 좋다.
페이드는 제법 영악해서 완벽한 저자세로 사과를 했으니, 사짓 잘못하면 내가 괴롭히는 모양새가 될 수도 있다.
하지만 내가 얼마 전에 말하지 않았던가?
가장 잔인한 대중들의 반응이 '그럼 그렇지'라고.
지금이 딱 그 타이밍이다.
라이언 엔터의 홍보부가 기를 쓰고 침묵을 유지하려는 시간.

뜨거운 감자가 식길 바라며 눈을 부릅뜨고 있는 시간.
이때 단 하나의 부정적인 이슈만 올라와도.

-그럼 그렇지ㅅㅂ 최대호가 잘못했지 테이크씬은 불쌍하다고 하던 놈들도 생각 없는 거임. 걔들이 몰랐겠음?
-대체 뭔 지랄을 했기에 좋지 못한 기분을 표출해서 물의를 빚었다고 하냐?
-스태프가 올린 거 보니까 페이드가 한시온한테 미션에서 발리고 진상 피웠다던데ㅋㅋㅋㅋ
-아 그 노래방 미션 때 했다네ㅋㅋㅋ

이렇게 된다.
다음에는 어떻게 되는지 아는가?

[(연예 줌인) 조작과 인성 논란. 시청률 11% 오디션 프로그램에 따라붙은 어두운 그림자.]
[테이크씬의 데뷔에 쏟아지는 대중들의 따가운 시선.]
[논란이 예정된 기형적인 구조? 엠쇼 & 라이언 엔터의 커밍업 넥스트 제작 지분은?]

최대호의 언론 통제력이 사라지게 된다.

이쯤 되면 쇼 비즈니스 업계에서도 눈치를 챌 수밖에 없으니까.

이젠 최대호가 세달백일을 압박하는 게 아니라……

링 안에서 겨루고 있다는 걸.

싸움 구경은 늘 즐거운 법이다.

그걸 중계해서 돈을 벌 수 있다면 더 즐겁고.

하지만 그렇다고 해서 세달백일이 승리를 만끽해서는 안 된다.

마음속으로는 만끽할 수 있지만, 우리의 태도는 어디까지나 '이슈가 돼서 난감해요'다.

대외적으로 우린 아무 것도 안 한 거니까.

가만히 있었는데 눈치 빠른 대중들이 움직여 줘서 억울함을 풀게 된 스탠스여야 한다.

"그러니까 집중해."

"근데 형, 그러기에는 댓글이 너무 재밌어요."

"언젠간 네 욕으로 도배될 수도 있는 곳이야. 일희일비하지 마."

"와, 어떻게 그런 말을?"

내가 틀린 말을 한 건 아니잖아?

짧은 휴식 중에도 핸드폰만 쳐다보던 멤버들을 불러서 다시 연습을 시작했다.

지금 우리가 부르는 곡은 컬러 쇼에서 부를 노래다.

아니, 현재 시점에서는 컬러 쇼에 제출할 노래라고 해야 하나?

하지만 설마 떨어지겠어?

제목은 〈Colorful Struggle〉.

멤버들은 대체 언제 신곡을 만든 거냐며 의아해했지만, 내 입장에서 이 노래는 신곡이 아니었다.

대부분의 생에서 발매하는 노래니까.

개인적으로는 셀피시보다 훨씬 좋은 노래라고 생각한다.

보통 난 셀피시를 Hot 100 데뷔 곡으로 사용한다.

그리고 컬러풀 스트러글을 2집 앨범 타이틀로 사용한다.

이렇게 되면 소포모어 징크스를 멋지게 깨트렸다는 극찬을 받을 수 있다.

하지만 문제가 있다면, 이 곡이 실력을 탄다는 거다.

셀피시는 느낌만 제대로 살릴 수 있다면 누가, 언제 발매해도 히트할 수 있는 곡이다.

그에 반해 〈Colorful Struggle〉은 꽤 높은 허들의 실력이 요구된다.

잘 부르면 어마어마한 대박이 난다.

내가 만든 노래 중에서 가장 오랜 기간 빌보드 1위에 머무는 곡이 될 정도로.

보통은 7주 연속 Hot 100 1위다.

경쟁 상황에 따라 10주까지도 해 봤고.

하지만 조금만 못 불러도 7주 연속 1위는커녕 50위에도 못 든다.

내가 불렀을 때는 그런 적이 없었지만, 상황에 따라 다른 가수가 부르는 경우도 있었으니까.

아마 최악일 때는 Hot 100 자체에도 못 들었던 것 같은데?

그리고서는 이 노래가 별로라는 개소리를 했었지.

아무튼 그래서 궁금했다.

세달백일은 과연 컬러풀 스트러글로 어떤 반응을 만들어 낼 수 있을까?

물론 단숨에 빌보드 차트에 드는 건 힘들 거다.

빌보드는 거대하면서도 높은 벽을 가진 시장이다.

기반이 전혀 없는 이방인이 아무런 프로모션 없이 차트인 하는 건 불가능에 가깝다.

물론 하려면 할 수 있겠지만, 그러려면 미국에서 1년 이상은 활동해야 한다.

라이언을 잘근잘근 짓밟고 있는 이 귀한 시기에 그럴 수는 없지.

내가 궁금한 것은 사람들의 생생한 반응이다.

지금까지 세달백일은 내가 맞춰 준 노래만 불러 왔다.

서울 타운 펑크, 갈림길, 세달백일, 레주메.

전부 멤버들의 특성을 고려해서 만든 곡이다.

즉 내 프로덕션 덕분에 절대적인 실력보다 뛰어나 보일 여지가 있다는 것이다.

그리고 컬러풀 스트러글은 그런 곡이 아니니 기대 이하의 결과를 보일 법도 한데…….

꽤 괜찮다.

록 기반의 컨템포러리 R&B는 자칫하면 촌스러워질 수 있는데 말이다.

"시온아?"

"아. 어. 좋았어. 근데 뒤로 좀 더 빼 보자."

"소리를 더 묻어 버릴까?"

"응. 이온 형의 목소리랑 경쟁한다기보다는 형은 형이고, 너는 너라는 느낌으로. 굳이 시너지 만들 필요 없어."

"오케이."

게다가 디렉팅이 너무 수월하다.

자세히 설명하지 않아도 느낌만 전달해 주면 알아서 달려 나간다.

아니, 이게 왜 이러지.

이거 원래 엄청 어려운 노래인데.

'혹시 내가 객관성을 잃어버렸나?'

멤버들의 인간적인 면모가 좋아져서 노래가 더 좋게 들리는 걸까?

그럴 수도 있다.

아니, 어느 정도는 이미 그럴 거다.

하지만 그럼에도 불구하고 나는 수십 회차를 보내 온 냉정한 회귀자이고, 아주 객관적인 기준을 가지고 있다.

그 기준선에 미달한다면 친분이고 나발이고 비판을 퍼부을 수 있는데…….

"표정이 왜 그래?"

"아뇨. 이온 형, 미안해요. 역할이 좀 적죠?"

"아냐, 괜찮아. 노래가 너무 좋아서 듣기만 해도 재밌어."

"점점 더 좋아질 거예요."

"내가? 아니면 이 노래가?"

"둘 다."

나도 모르겠다.

일단 최선을 다하고 결과를 보면 되겠지.

* * *

오늘도 인터넷에 모인 세달백일 팬덤들은 라이언 성토 경진대회를 벌이고 있었다.

그들이 분노한 포인트는 많았지만, 가장 많은 말이 나오는 부분은 두 가지였다.

첫 번째로, 커밍업 넥스트 촬영 당시 세달백일도 상황을 알았는지다.

라이언 엔터의 해명문은 세달백일 팬 입장에서 상당히 화가 나는 것이었다.

두루뭉술하게 해명한 것도 열받는다.

하지만 그거보다 더 열받는 건 '세달백일'이라는 이름이 전혀 없는 것이다.

-아니 그래서, 우리 애들은 아무 것도 모르고 최선만 다한 거야? 아니면 알고 있었는데 침묵한 거야?
-뭐가 됐든 열받는데, 몰랐다면 그냥 프로그램 조작 아니야?
-당연하지. 그럼 조작이야.
-난 알고도 침묵했을 상황이 더 화가 나. 위압 때문에 불리해도 아무 말도 못했던 거잖아.
-커밍업 넥스트 다시 한번 정주행했는데 쎄한 거 개많아. 특히 마지막에 우승자 발표할 때 진짜 이상해. 세달백일 컷이 거의 없어.
-맞아. 그거 프로그램 방영 때도 말 많았는데.
-혹시 무슨 말이 나와서 다 편집해 버린 거 아니야?

사실 관계를 따지자면, 한시온이 갑자기 세달백일로 결

정을 틀어 버리면서 편집된 부분이었다.

 그러나 팬들 눈에는 제작진이 세달백일의 입을 막아 버리려는 것 같은 구도로 보일 수밖에 없었다.

 두 번째로 말이 많이 나오는 부분은 세달백일의 거취였다.

-그래서 라이언이 쿨하게 놔준 거 맞아? 왜 해명문에 그게 없어?

-그니까! 대체 애들이 어디서 뭘 하는지 알 수가 없잖아. 주간 차트 1위를 했는데 음방도 못 나와, 기사 한 줄 없어.

-왜 우린 공방이고 사녹이고, 아무 것도 못하는데.

-내 생각에는 세달백일이 다른 회사랑 계약 직전까지 가니까 라이언이 지랄한 거 같아.

-2222 그래서 템퍼링 터트린 거 같아. 계약 못하게 하려고.

-이러다가 접촉 중인 회사들 다 빠지는 거 아냐? 숙소까지 잡아 줬으면 거의 계약 직전이었을 텐데.

-그럼 숙소에서도 나가야 할 수도 있는데...ㅠㅠ

 백번 양보해서 커밍업 넥스트는 이미 지나간 과거다.

 꼴보기 싫은 라이언 엔터랑 함께 일을 하지 않게 되었으니, 긍정적인 부분도 있다.

하지만 라이언이 세달백일의 현재에 개입하는 것은 참을 수가 없다.

드롭 아웃과 NOP를 제치고 주간 차트 1위를 했는데, 음방 한 번 못 나오는 건 비정상이니까.

-우리가 어떻게 해야 하지?
-라이언에 시위 트럭이라도 보내야 하는 거 아닐까?
-공정위 결과 나오기 전까지는 가만히 있어야 할 거야ㅠㅠㅠ

이외에도 유출된 페이드의 영상이나, 은근슬쩍 세달백일 멤버들의 논란을 만들어 내는 댓글들을 성토했다.

그런 시간이 이어질 때쯤이었다.

-야아아아아야 미친치민미친! 공정위 결과 나왔어! 무혐의!
-헉 벌써?
-개빨라!!!
-잘못한 게 없으니까!

공정거래위원회에서 라이언 엔터의 신고에 대한 조사 결과를 발표한 것이었다.

하지만 이윽고 팬들의 머릿속에 물음표가 떠올랐다.

처음엔 무혐의라는 것에만 집중했지만, 조사 내용에 어마어마한 것이 숨겨져 있었으니까.

요약하자면 간단했다.

계약 조항을 법리적으로 해석할 필요가 없다.

세달백일은 타 업체와 매니지먼트 계약을 체결한 기록이 없으며, 체결할 의사도 없으니까.

이 말인즉슨.

-아니 독립 레이블이라고?
-독립일기의 독립이 진짜 그 뜻이었어???
-신인이 독립할 수가... 있어?

세달백일이 셀프 메이드를 추구하는 인디펜던트 레이블이라는 뜻이었다.

세달백일의 팬덤은 상상도 못한 결과에 어떤 반응을 보여야 할지 갈피를 잡을 수가 없었다.

애들이 자유로우니 좋아해야 하는 건가 싶다가도, 이래도 되는 건지 헷갈린다.

1인 기획사를 세우는 연예인이 없는 건 아니지만, 그들은 이미 대부분이 슈퍼스타다.

딱히 연예인이란 브랜드를 홍보하지 않아도 알아서 일

거리가 들어오는 이들.

　게다가 심지어 이런 이들조차도 몇 년 1인 기획사를 하다가 다시 대형 기획사로 들어가는 경우가 많았고.

　팬들이 갈피를 못 잡았다면, 대중들은 마냥 신나 했다.

　-아니 아이돌이 아니라 인디 밴드였다는 말임?? 맞아?

　-내가 봐도 그 말인데?ㅋㅋㅋ

　-세달백일 팬들 당황했음ㅋㅋㅋ 아이돌 팬인 줄 알았던 내가 인디 밴드 팬?

　-ㅋㅋㅋ힙시온쉑ㅋㅋㅋㅋ 기질을 숨기지 못하는구나ㅋㅋㅋ

　-아 그치 한시온은 힙시온이 정배라고.

　-야 근데 아이돌 역사상 이런 적이 있었냐?

　-없긴 한데 내가 보기엔 좀 멍청한 짓 같은데. 아이돌 활동엔 거대 자본이 만들어 낸 구조가 너무 많은데, 뭐 할 수 있겠냐?

　-응. 첫 출연 예능 조회 수 1000만 갸 돌파.

　-응. 자컨 조회 수 1000만 직전.

　-응. 드롭 아웃 NOP 뚜드려 패고 주간 차트 1위.

　-응. 사회면에 진출해 무대를 뒤집어 놓으셨음.

　-ㅋㅋㅋㅋ겁나 한 거 많네ㅋㅋㅋ

　-근데 냉정하게 이건 커밍업 넥스트에서 연결된 인지

도 때문이고, 갈수록 힘들어질 거임.
-뭔 연예인 걱정을 그렇게 열심히 하냐.
-연예인 아니잖아. 인디 밴드잖아.
-아 그러네?
-아니 근데 나 자컨 봤는데 애들 돈이 ㅈㄴ 많은가 보네? 숙소 개좋던데.

이런 상황 속에서 더 이상 최대호의 영향력이 통하지 않는 언론도 미쳐 날뛰었다.

[세달백일, 독립 기획사 설립 발표.]
[인디 아이돌 밴드? 이 단어가 맞나요?]
[대한민국 인디 밴드의 역사와 아이돌 밴드의 역사]

온 세상에 세달백일의 이야기밖에 없었다.
그도 그럴 게, 신인 아이돌 그룹이 독립 기획사를 차렸다는 건 너무나 당황스러운 소식이었으니까.
하지만 흥미를 보이는 대중들과 다르게 돌판의 분위기는 냉랭했다.

-얘들은 돌판이 만만하냐? 다른 그룹은 못해서 안 하는 줄 아냐?

―ㅇㅇ 안 해야 하는 이유가 있으니까 안 하는 거지.
―괜히 팬들이 적금 깨서 서포팅해 주는 줄 아나.
―세달백일 팬덤만 불쌍하게 됐다. 음방은커녕 홍대만 돌아다니겠네ㅋㅋㅋ
―무대 직캠 말고 클럽 직캠 보면 될 듯ㅋㅋㅋ

물론 이 같은 반응의 기저에는 세달백일에 대한 아니꼬운 마음도 들어 있을 것이었다.
노이즈란 노이즈는 다 잡아먹는 세달백일 때문에 다른 그룹들의 활동에 차질이 생기기도 했으니까.
하지만 그때였다.

[저희의 첫 번째 팬이 되어 주시겠어요?]

지금까지 별다른 활동도, 사진 업로드도 없었던 세달백일의 공식 SNS에 1기 팬클럽 모집 공고가 뜬 것이었다.
그것도 전문적인 냄새를 풀풀 풍기는 사진들과 함께.

―미친 이온이 얼굴 봐!
―구태환 정신 나갔냐고 ㅠㅠㅠㅠ

세달백일의 팬덤은 처음 맡아 보는 떡밥의 냄새에 정신

을 못 차렸지만.

-야 씨ㅋㅋㅋ 가입비 4만 원이네.
-애들 사진 찍는 데 돈 다 쓴 거 같은데 좀 채워 줘라ㅋㅋㅋ
-어디 공식 카페 하나 만들어서 승급시켜 주고 이제부터 팬클럽이라고 하는 거 아니냐고ㅋㅋㅋㅋ
-백퍼ㅋㅋㅋㅋㅋ

애매한 타이밍에 나온 팬클럽 모집은 다시 한번 돌판의 조롱을 받게 되었다.
하지만.
"으억?!"
온갖 조롱을 견디며 세달백일의 첫 번째 팬이 된 이들은 기함할 수밖에 없었다.
키트가 도착했는데…….
포토와 사인만 달랑 들어 있어도 행복하려고 했는데……!
이 부내 풀풀 풍기는 굿즈들은 대체 뭐란 말인가?

* * *

사람들이 가진 편견 중 하나가, 클래식 연주자들은 대

중음악을 얕잡아 볼 거라는 것이다.

물론 그런 이들도 있긴 하다.

자신들이 고차원의 음악 문화를 향유하고 있으니, 대중음악을 질 낮은 패스트푸드 정도로 취급하는.

하지만 이런 이들보다 순수하게 대중음악을 즐기는 이들이 더 많았다.

실제 클래식 연주자들 중에 '당신의 프리마돈나는 누구냐'는 질문에 '마돈나'라고 대답한 이도 있었으니까.

언어유희가 담긴 농담조의 답변이긴 했으나, 대중음악이 저급하다고 생각했으면 할 수 없는 답변이었다.

이와 마찬가지로 한국의 클래식 연주자들 중에도 대중음악을 좋아하는 이들이 많았다.

특히 음대에 재학 중인 클래식 전공자들은 케이팝 아이돌을 좋아했다.

클래식 전공자이기 이전에 그들도 스타에 열광하는 청춘이었으니까.

다만 그렇다고 응원하는 아이돌 그룹의 음악적 완성도를 극찬하는 건 아니었다.

솔직히 아쉬운 지점이 보일 때가 많았으니까.

하지만 의미 있는 건 아니다.

그들이 응원하는 건 완성된 음악가가 아니라, 절실한 노력가들이었으니까.

한데……

세달백일이 등장했다.

이름부터 애매한 이 그룹의 등장을 눈여겨 본 이들은 없었다.

하지만 커밍업 넥스트가 서서히 인기를 얻기 시작하고, 거기서 발매된 음악들이 차트 인을 하기 시작하면서 상황이 달라졌다.

"아니, 주제부 리듬 뭐야?"

"대중음악에서 이렇게 대위법을 쓰는 거 처음 봐."

"기타리스트 누구야?"

"이건 소나타 형식인데?"

클래식 전공자들이 당황할 정도의 음악들이 쏟아진다.

물론 세달백일의 음악이 음학적으로 어렵고 난해한 건 아니었다.

대중음악 특유의 루프(LOOP : 구간 반복)도 잦고, 멜로디의 활용도 이지 리스닝을 목표로 하는 게 느껴진다.

그럼에도 불구하고 음악 안에 은근히 담겨 있는 기법들이 굉장하다.

하지만 그 무엇보다 놀라운 건, 그걸 대중들이 좋아한다는 것이었다.

지식을 깊게 공부했다고 좋은 대중음악을 쓸 수 있는 건 아니다.

전문적인 교육 한 번 받지 않은 이들이 순수한 재능으로 스타 작곡가가 되곤 하니까.

그런 의미에서 세달백일의 음악은 신기했다.

수준 높음이 묻어나지만, 그걸 전혀 티 내지 않으며, 대중들을 매료시킨다.

그래서 음대생들은 한시온이 음악을 독학했다는 걸 믿지 않았다.

이런 건 독학으로 할 수 있는 게 아니니까.

분명 전문적으로 배웠지만, 모종의 이유로 밝히지 않을 뿐이다.

사실 이들의 생각은 정확했다.

한시온은 클래식에 도전한 적이 있었다.

지휘자 헤르베르트 폰 카라얀의 음반 판매량이 2억 장 이상이고, 하이 C의 왕자라고 불렸던 루치아노 파바로티는 테너로서 1억 장 이상의 음반을 팔았으니까.

하지만 여긴 정말 천재들의 세계였다.

회귀자조차 독보적인 존재로 군림할 수가 없는.

게다가 사제 관계가 중요한 클래식 업계에서 스무 살의 지망생은 메인스트림으로 진입하는 게 거의 불가능했다.

그래서 딱 세 번의 회차만 도전하고는 포기했었는데, 이때 한시온의 음악에 많은 성취가 있었다.

물론 현시점에서는 벌어지지 않은 일이었고, 그리 중요

한 일도 아니었다.

뭐가 됐든 중요한 건 음악이 좋다는 거니까.

이때쯤 클래식 전공자들 사이에서 한시온의 별명은 '음대생들의 아이돌'이 되어 있었다.

한시온 덕분에 처음 덕질을 시작한 이들이 많았으며, 최애가 있는 이들이라고 해도 차애는 무조건 한시온이었다.

남성 연주자들도 마찬가지였다.

세달백일의 노래를 듣고 있으면 클래식 기법을 어떻게 써야지 대중들이 좋아하는지에 대한 답을 알게 되는 기분이다.

좋아하지 않을 이유가 없다.

유명 음대의 바이올린 전공인 박상우도 그랬다.

그는 분명 한시온의 음악을 좋아한다.

세달백일이란 팀에 대한 감정도 호감에 가깝다.

하지만 보이 그룹의 팬클럽에 가입할 생각은 태어나서 단 한 번도 해 보지 않았는데…….

어쩌다 보니 가입하게 되었다.

여기서 말하는 '어쩌다 보니'는 짝사랑하는 동기랑 자연스럽게 대화를 나누기 위해서다.

"으음."

그래서 박상우는 기숙사에 도착한 택배를 보며 애매한

표정이 되었다.

팬클럽에 가입하면 준다는 키트가 도착한 것 같은데, 룸메이트가 미친놈처럼 보기 전에 빨리 개봉하고 숨겨야 할 것 같다.

그 뒤에는 짝사랑녀한테 신나는 척 카톡을 보낼 거고.

"이게 뭐 하는 짓이냐……."

중얼거린 박상우가 커터 칼을 가져와서 큼지막한 택배 상자에 쑤셔 넣었다.

찐팬들이 보면 기겁할 행동이었다.

저 안에 뭐가 있을지 모르는데 저렇게 무식하게 택배를 슥슥 썰어 버리다니!

하지만 그런 생각조차 없는 박상우는 적당히 택배를 해체하고는 힘을 줘서 뜯어 버렸다.

그 안에서 보이는 건…….

"엥?"

짙은 파란색의, 디자인에 굉장히 공을 들인 것 같은 상자였다.

겉면에는 〈TIME LOCK〉이라고 적혀 있는데, 아무래도 타임캡슐 같다.

물건들을 넣어 땅에 묻고서 몇 년 뒤에 열어 보는 그거.

'왜 타임캡슐에 담았지?'

세달백일의 세계관을 모르는 박상우는 그런 생각을 하면서 박스를 매만졌다.

튼튼하고 고급스러워 보이는 재질이 꽤 괜찮다.

양말이랑 속옷을 담아 둬도 괜찮을 것 같기도 하고?

한데 자세히 보니, 박스를 여는 방법이 오른쪽에 달린 톱니바퀴를 돌리는 식이다.

심지어 스프링이 달렸는지, 돌리니까 자동으로 열린다.

"음……."

가만 보니 양말을 담아 두기엔 좀 아까운 것 같다.

차라리 일기장이나 사진 같이 의미가 있는 물건을 넣는 게 어울릴 것 같다.

짝사랑녀와 사귀게 된다면 주고받을 편지를 담는 것도 좋아 보이고.

박상우는 그런 생각을 하며 자동으로 열린 박스에 담긴 내용물을 확인하기 시작했다.

팬클럽 키트에 대한 사전 지식이 전무하지만, 뭐가 엄청나게 많다는 건 알겠다.

분명 짝녀는 세달백일 굿즈가 별로일 거라는 인터넷 반응 때문에 속상하다고 했는데.

'혹시 이 정도도 부족한 건가?'

하긴 그럴 수도 있겠다.

그는 다른 그룹의 팬클럽 키트가 어떤 식으로 구성되는

지 전혀 모르니까.

 아무튼 물건이 너무 많아서 박상우는 우선 만만한 작은 물건들부터 확인하기 시작했다.

 고급스럽게 포장된 키링, 카드 홀더, 스티커는 색상이 전부 딥 블루다.

 박스 색이랑 똑같은데, 아마 멤버들 중에 딥 블루 성애자가 있나 보다.

 그 옆에 담긴 스티커를 대충 훑어본 박상우가 이번에는 두툼한 포토 북의 투명 포장을 뜯었다.

 하드 커버 재질인 것 같은 포토 북의 디자인은 꽤 고급스러웠다.

 짝녀랑 사귀게 된다면 함께 찍은 사진들을 여기 담아도 좋을 것 같다.

 안에 들어 있는 세달백일의 사진에는 별다른 감상이 없었다.

 그냥 이이온이 미친 듯이 잘생겼다.

 하지만 개인적으로는 이이온처럼 부담스럽게 잘생긴 것보다는 구태환이나 한시온이 나았다.

 구태환은 스포츠 만화에서 나오는 까칠한 운동부 에이스처럼 생겼고, 한시온은 밴드부 리더처럼 생겼으니까.

 '이렇게 생기면 대체 무슨 기분이지.'

 그 다음 박상우가 열어 본 것은 손바닥 크기의 갈색 가

죽 재질 케이스엿다.

 슬쩍 보니, 포토 카드다.

 박상우도 주변의 덕후들에게 들은 바가 있어서 포토 카드는 제대로 알고 있었다.

 앨범이나 굿즈 같은 걸 사면 랜덤으로 발송되는 건데, 최애 멤버의 포토 카드를 갖기 위해서 사거나 교환한다고 들었다.

 유명 아이돌 그룹은 인기 멤버와 비인기 멤버의 포토 카드 가격이 어마어마하게 차이난다는 이야기도 들었고.

 그러고 보니 세달백일의 팬클럽에 가입을 할 때, 포토 카드를 누구 것으로 받을지 고르는 게 있었다.

 처음엔 한시온 세 장으로 하려고 했는데, 그게 안 돼서 한시온, 구태환, 이이온을 골랐다.

 한시온과 구태환은 박상우의 호감 순위였고, 이이온은 짝사랑녀의 최애였으니까.

 카드를 주면 좋아하지 않을까?

 그렇게 가죽 케이스 안에 담긴 포토 카드를 확인했는데, 세 장이 아니라 여섯 장이다.

 자세히 보니 멤버별로 두 장씩인데, 한 장은 얼빡 샷이고 또 한 장은 풀 샷이다.

 한데, 왼쪽 위에 이상한 글자가 적혀 있다.

 한시온은 1997.

구태환은 2007.

이이온은 ????.

뭔가 싶어서 보는데 아무래도 컨셉 연도인 것 같다.

풀 샷에서 한시온은 1997년도쯤으로 보이는 옷을 입고 있고, 구태환도 당시에 유행하던 스키니진을 입고 있으니까.

박상우는 생각도 못할 디테일이지만, 멤버들의 메이크업 방법도 그 시대의 느낌을 내고 있었다.

한데, 이이온이 좀 다르다.

XXL쯤으로 보이는 엄청 큰 농구 나시를 입고 있었는데, 안에 아무것도 안 입었다.

"으."

수컷의 본능적인 거부감이 들었지만, 짝녀가 좋아하겠다는 생각에 자세히 보니 몸이 꽤 좋다.

보정을 한 게 아니라면 생긴 거랑 다르게 제법 운동을 하나 보다.

박상우는 그 뒤로 나머지 물건들을 살폈다.

세달백일 다섯 명의 모습으로 만든 피규어, 딥블루 색의 텀블러, 미니 가습기가 있었다.

'이렇게까지 퍼줘도 되나?'

설령 제작 수량이 많아서 단가가 내려갔다고는 해도, 4만 원은 훌쩍 넘을 것 같은데?

혹시 가입비가 14만 원이었는지 확인해 봤는데, 4만 원이 결제된 게 맞다.

잠깐 고개를 갸웃했던 박상우는 그러려니 했다.

설마 손해 보고 장사하겠는가.

다 회수할 방법이 있으니까 하는 것이겠지.

한데, 꽤 기분이 좋다.

왜 기분이 좋은지 생각해 봤는데, 예상 외로 언박싱을 하는 재미가 있었다.

포토 북을 제외하면 전부 불투명한 포장지에 담겨 있었는데, 하나하나 열어 볼 때마다 생각지도 못했던 게 들어 있었으니까.

게다가 실생활에서 쓰고도 남을 퀄리티였고.

"아이."

가만 보니까 키트 박스에 커터칼 때문에 스크래치가 나 있었다.

박스를 매만지고 있는데, 미쳐 자신이 발견하지 못했던 게 보인다.

자동으로 열리는 박스의 입구 쪽에 여전한 딥블루 색깔의 봉투가 있었다.

꼭 청첩장처럼 생긴 봉투였는데, 뭔가 싶어서 보니까 멤버십 카드와 코팅된 자필 편지가 있었다.

편지의 뒷면에는 QR 코드가 있었고.

편지 내용에는 별 관심이 없었고, QR 코드를 찍어 보니까 웬 홈페이지의 가입 화면으로 연결이 되는데, 팬클럽 공식 홈페이지 같았다.
"와우."
홈페이지도 까리하다.
돈을 많이 들인 티가 난다.
가입을 할까 말까 고민하는데, 핸드폰이 진동했다.
"……!"
짝녀에게 온 선톡이다.
후다닥 자리에서 일어난 박상우가 경건한 자세로 메시지를 확인하는데.

[야야야야야야 너 키트 왔어?]
[키트깡 했어????]
[혹시 안에 사진 뭐 들어 있어??]

사진?
포토 북을 사진 찍어서 보내 주니까, 이거 말고 포토 카드를 보여 달라는 답장이 날아왔다.
'사진이 다 다른가?'
박상우는 별생각 없이 여섯 장의 포토 카드를 찍어서 보내 줬다.

그러자 곧장 전화가 걸려온다.

심장이 덜컥하는 기분이 들어서 심호흡을 하다가 전화를 받았다.

그리고 박상우는 본인이 얼마나 운 좋은 인간인 줄 알게 되었다.

알고 보니 포토 카드의 연도는 랜덤으로 발송되는데, 연도의 확률이 다 다르다.

90%의 확률로 2017년.

9%의 확률로 2007년.

1%의 확률로 1997년.

그리고 0.1%의 확률로 특별 컷.

즉, 박상우는 9%, 1%, 0.1%의 확률로 세 장의 카드를 받은 것이었다.

???가 적혀 있던 이이온의 포토가 특별 컷이었으니까.

호기심이 들어서 계산해 보니 놀랍게도 0.00009%의 확률이었다.

이 정도면 그가 하는 온라인 게임에서 가장 희귀한 아이템을 뽑고도 남는다.

박상우는 짝녀에게 치맥을 얻어먹는 조건으로 여섯 장의 포토카드를 전부 주기로 했다.

-진짜진짜진짜 고마워! 내가 치맥 열 번 살게! 아니 네

가 말할 때마다 사 줄게! 그리고 이거 절대로 안 팔게! 진짜 약속해!

 거의 울 것 같은 목소리였다.
 아니, 우는 것 같다.
 그렇게 전화를 끊은 박상우는 호기심을 느껴서 인터넷에 접속했다.
 안 판다고 말하는 걸 보면 구매 수요가 좀 있는 것 같은데, 가격이 궁금하다.
 한데, '세달백일 팬클럽 키트'를 검색하자마자 말도 안 되게 많은 검색 결과가 쏟아진다.
 자세히 보니 실시간 검색어 1위인 데다, 세상천지에 이 이야기밖에 없다.
 '뭐지?'
 혼란스럽다.
 분명 인터넷에서 우연히 봤을 땐 세달백일이 중소도 못 들어간 거지돌이라고 했는데?

* * *

 세달백일의 팬클럽 키트는 어마어마한 화제성을 불러일으켰다.

단지 아이돌판에서만 그런 게 아니었다.

일반인들조차 호기심을 가졌다.

상식적으로 말이 되지 않는다.

불과 며칠 전에 세달백일은 소속사가 없으며, 자신들끼리 셀프 메이드를 하는 인디펜던트 레이블이라는 게 밝혀졌다.

해서 사람들은 세달백일이 아이돌이 아니라 인디 밴드였다는 반전을 즐겼고, 인디돌이라는 이상한 별명을 붙여 주기도 했다.

-ㅋㅋㅋ애초에 세달백일 이름부터 아이돌 느낌이 아니잖어ㅋㅋㅋ

-아 이름부터 복선이었다고~

-근데 얘네 ㅈㄴ 잘하잖아. 서울 타운 펑크 개많이 들었는데. 홍대에서 공연하면 난 보러 갈 듯?

-어, 그러네? 마 고척돔 티케팅 이런 거 안 해도 되잖아. 가격도 쌀 거고.

-공연하면 1000석 정도는 채우지 않을까?

-이런 활동도 나쁘지 않을지도?

이런 와중에 시작된 팬클럽 모집에 대한 대중들의 반응은 '돈 필요하네'였다.

돌판의 반응은 훨씬 더 차가웠고.
그러니 세달백일의 팬클럽 키트가 공개되는 순간 모든 사람들의 머릿속에 물음표가 마구 떠오른 것이었다.

-아니 이게 어떻게 가능함?
-심지어 세달백일은 제작 수량이 글케 많지도 않아서 단가가 높을 텐데?

비주류 그룹이 키트 구색을 맞추려다 손해를 보는 경우는 흔하다.
하지만 세달백일의 팬 키트는 그런 수준이 아니었다.
케이스, 디자인, 물품들의 재질까지.
뭐 하나 부족한 게 없다.
심지어 피규어의 퀄리티도 높고, 입금 확인부터 배송 절차도 엄청나게 빨랐다.
소속사가 없다는 걸 생각해 보면 이해할 수 없는 일이었다.
상황이 이렇다 보니 그동안 세달백일의 팬클럽 모집을 조롱하던 이들은 재빨리 노선을 틀었다.

-부모님이 돈이 존나 많나 보네ㅋㅋㅋㅋ 좋겠다ㅋㅋㅋㅋ

-등골 브레이커돌은 처음보네ㅋㅋ

-어쩐지 상도덕 없게 굴더니. 믿는 구석이 있었네ㅋ

-나만 이런 게 돌판 문화 흐린다고 생각해?

-다른 그룹들한테 부담 갈 게 뻔한데, 생각이 너무 짧아.

하지만 소용없었다.

-엥? 세달백일 멤버들이 자기들 돈으로 제작한 키트라고 하는데?

-우리 공홈에는 이런 기능 있다? 신기하지ㅋㅋㅋ

-(사진)

-(링크) 그리고 이건 스트리밍 링크ㅋㅋ

-어때? 답변이 좀 됐어?

세달백일의 공식 홈페이지에는 다양한 기능들이 있었는데, 그중 한 가지가 세달백일에게 질문하기였다.

기능 설명을 보면, 질문 자체는 팬클럽 회원이라면 누구나 할 수 있다.

하지만 모든 질문이 세달백일에게 전달되는 것은 아니다.

질문을 올리면 팬클럽 회원들이 서로의 질문을 확인할

수 있는데, 거기에 추천, 비추천을 누를 수가 있었다.

추천이 많아지면 베스트 마크가 박히는데, 이게 세달백일에게 전달되는 형식이었다.

다만 추천보다 비추천이 많아지면 글은 내려간다.

여기에 누군가 세달백일의 키트 제작 과정에 대한 질문을 던진 것이었다.

제작 비용이나 비용의 출처에 대한 질문은 비추천 세례를 받고 사라졌지만, 제작 과정은 물어볼 만했기 때문이었다.

세달백일 멤버들은 이 같은 질문들을 모아서 실시간 스트리밍으로 Q&A를 진행했다.

누가 어떤 굿즈를 골랐는지, 어떤 것들이 디자인 후보였는지, 공식 색은 딥블루가 맞다는 등등의 이야기가 오가다가……

자연스럽게 제작 비용에 대한 이야기가 나왔다.

[아, 제작비는 저희가 커밍업 넥스트 할 때 발매한 곡의 저작권료로 제작한 거예요.]

[진짜 탈탈 털어 넣었습니다!]

[재성아……. 그런 말까지는 할 필요 없어.]

[엇, 네.]

[사실 시온이 지분이 절대적이긴 한데, 나중에 정산받

으면 N분의 1로 맞춰야죠.]
 [이온 형, 정산이라는 표현이 좀 이상하지 않나요?]
 [아, 그러네. 그럼 뭐라고 해야 하지?]
 [글쎄요. 수익 창출……?]

 Q&A 내내 훈장님에 빙의해 있던 이이온이 한마디를 했지만, 실시간 스트리밍이었다.
 당연히 이야기가 퍼져 나갈 수밖에 없었다.

 ―ㅋㅋㅋㅋㅋㅋㅋㅋ아직 음방 데뷔 한 번 안 했지만, 저작권료가 빵빵한 그룹이 있다?
 ―한시온의 지분이 절대적이라는 걸 보면, 가로등 아래서부터 낙화까지 음원으로 번 돈 다 털어 넣은 듯?
 ―솔직히 드롭 아웃이랑 NOP한테 준 두 곡으로도 충분하지 않을까?
 ―아, 맞다. 그것도 있구나.
 ―시온이 팀 생각하는 거 봐. 솔직히 아까울 만도 한데!

 사실 세달백일의 말은 연출된 반쪽짜리 진실이었다.
 그들의 저작권료 수익으로 팬 키트를 제작할 수 있는 건 사실이다.
 서울 타운 펑크부터 레주메까지 워낙 잘된 곡들이 많으

니까.
 하지만 딱 제작만 할 수 있다.
 숙소와 연습실의 이용비.
 홈페이지와 어플 제작비.
 홈페이지와 팬클럽 가입을 관리할 직원 인건비.
 팬 키트의 보관 비용, 출하 비용, 물류 비용.
 의상비와 메이크업 비용까지.
 팀을 운영하는 데 들어가는 돈을 생각해 보면 어림도 없다.
 그러니 여기에는 한시온의 사비가 굉장히 많이 들어가 있었다.
 그럼에도 불구하고 그들이 이렇게 말한 건, 이미지를 관리하기 위함이었다.
 구걸돌도 별로지만, 재벌돌도 별로다.
 절실한 느낌이 전혀 없으니까.
 하지만 그렇다고 세달백일이 거짓말을 한 것도 아니었다.
 '제작비'는 그들이 탈탈 털어 넣은 게 맞으니까.
 그래서 연출된 진실이라는 것이었다.
 세달백일 팬덤은 이런 상황까지는 몰랐지만, 일단 기세등등해졌다.
 논리가 완벽하다.

팬덤 크기가 작으니 먼저 싸움을 열진 않겠지만, 공격이 들어오면 자비 없이 응징할 수 있었다.

-너희 돌이 안 한다고 우리 애들도 못하는 게 아니야ㅠㅠ
-정산을 못 받은 신인이면 못할 수 있겠지만... 아, 아니야. 여기까지 할게!
-팬을 위하는 게 왜 문화를 흐리는 거야?

이런 상황 속에서 세달백일의 팬클럽 가입자 수가 폭증하기 시작했다.
할까 말까를 고민하던 이들은 전부 가입했고, 안 할 거라고 생각하던 이들 중에도 꽤 많은 이들이 선택을 바꿨다.
심지어 '죽어도 안 해'라고 생각하던 이들 중에도 가입을 하게 된 이들이 있었다.

-아, 나 한시온 때문에 세달백일 싫어했는데 이번에 다시 봄.
-ㅇㅇㅇ애가 싸가지는 없는 것 같은데 은근히 팬들을 존중하는 것 같기도 하고.
-솔직히 음악 좋다고 생각해도 덕질할 마음이 안 갔는

데…. 이번에 살짝 치인 듯.

-조공받은 거 중고나라에 파는 애들도 많은데, 양호하다. 덕질은 안 해도 응원은 해 준다.

회사도 없는 이들이 모든 사비를 탈탈 털어서 키트를 제작했다는 서사에 꽂힌 이들이 있었기 때문이다.

이 시점쯤에서 세달백일을 바라보는 쇼 비즈니스의 시선이 바뀌기 시작했다.

* * *

쇼 비즈니스는 사람의 감성을 건드려 돈을 버는 곳이다.

그러니 언뜻 생각하기에는 산업 구성원들이 본능과 직감으로 사업적인 판단을 내릴 것 같지만.

실제로는 반대다.

명품이라고 칭송받는 시청률 3%짜리 드라마보다, 전 국민에게 막장 드라마라고 욕먹는 13%짜리 드라마가 더 훌륭하다.

굿즈 퀄리티가 쓰레기라고 욕을 먹더라도 매출이 잘 나오면 좋은 기획 상품이다.

본능과 직감을 수치화할 수 없으니, 되레 기록에 목을

매게 되는 것이었다.

그러니 쇼 비즈니스 업계는 세달백일의 팬 키트가 어쨌고, 굿즈가 어쨌고, 음원 수익이 어쨌고는 관심이 없었다.

그들이 관심 있는 건 '팬클럽 숫자'였다.

심상치 않은 속도로 불어나고 있는.

"세달백일, 얘네 섭외할까? 게스트로 적절할 거 같은데."

"최대호 대표가 난리 치지 않겠어요?"

"아, 그건 그래. 그 양반 뒤끝도 긴데……."

"누가 나서서 화살 한번 받아 주면 그다음에 섭외해요."

"첫 번째로 섭외하는 게 의미 있지 않을까?"

"그러다가 라이언 소속 영원히 섭외 못하는 경우도 있어요."

"아, 그건 좀 무섭다."

하지만 아직 선을 넘지는 못하고 있기도 했다.

어느 누가 나서서 용감하게 섭외의 물결을 터 주면, 줄줄이 섭외를 할 것 같은데.

1번 타자가 없다.

그렇다고 자신들이 먼저 나서서 최대호의 뿅망치를 맞는 두더지가 되고 싶지도 않다.

"일단 주시를 하고 있자고."

그래서 이 정도로 결정을 내리고 마는 것이었다.

하지만 이와 반대로 세달백일의 섭외 경쟁이 붙은 곳도 있었다.

대학 축제였다.

통상적인 대학 축제는 5월에 많지만, 9월과 10월에 진행되는 가을 대학 축제도 많다.

여기서 세달백일을 섭외하기 시작한 것이었다.

축제를 기획하는 학생회 입장에서 세달백일은 아주 안성맞춤인 게스트였다.

일단 싸다.

수요가 몰리는 축제 시즌인 만큼 연예인들의 몸값이 뻥튀기되는 시기인데, 합리적인 가격이다.

슬쩍 찔러 봤다가 '애들이 이것밖에 안 한다고?'에 놀라서 후다닥 섭외를 한 곳들도 많았으니까.

게다가 유명하다.

이 유명세가 얼마나 갈 줄은 모르겠지만, 최근 이슈들에 맞물려서 호감도 있는 유명세가 상승하고 있다.

마지막으로 히트 곡이 많다.

보통 대학 축제에 오면 15분에서 30분 정도를 소화하고 내려가는데, 세달백일은 그 전체를 히트 곡으로 채울 능력이 있었다.

부르지 않을 이유가 없었다.

심지어 이미 확정된 라인업에 추가 섭외를 하는 대학교들도 있었고.

이런 상황을 정확히 알고 있는 업계 관계자들은 세달백일이 불붙은 도화선 같다고 생각했다.

좋은 의미도 있고, 나쁜 의미도 있다.

좋은 의미는 도화선이 다 타 들어가면 터진다는 것이었다.

나쁜 의미는 도화선이 중간에 잘려 버리면 아무 의미가 없다는 것이었고.

일단, 세달백일은 불을 붙였다.

하지만 그 불을 꺼트리려는 외부의 바람도 많고, 칼로 잘라 버리고 싶어 하는 이들도 많다.

심지어 인디펜던트임을 밝힌 세달백일에게는 앞으로 많은 유혹이 있을 것이었다.

멤버들 중 일부를 영입해 새로운 팀을 꾸릴 수만 있다면, 실패 확률이 낮은 보이 그룹 런칭이 가능하니까.

이런 상황에서 세달백일은 불꽃을 유지할 수 있을까?

현시점 쇼 비즈니스 업계의 최대 관심사일 수밖에 없었다.

하지만 그들이 몰랐던 사실이 있다면…….

한시온이 불꽃을 하나만 피운 게 아니라는 것이었다.

* * *

미디어 콘텐츠 컬러스 미디어.

이곳에 근무하는 컬러 쇼의 치프 매니저, 파울은 오늘 아침 황당한 메일을 받았다.

아니, 황당하다기보다는 믿기지 않는 메일이었다.

내용을 요약하자면 간단했다.

HBO에서 진행하는 다큐멘터리에 파견된 스태프들이 뮤지션 한 명을 알게 되었다.

그는 크리스 에드워드와 친분이 있으며, 다큐멘터리에 출연하는 거장들과 공동 작곡을 준비 중인 알려지지 않은 천재다.

한데, 그 천재가 한국의 케이팝 보이 그룹 아티스트다.

그래서 보이 그룹의 영상 포트폴리오를 받아서 송부한다.

이 보이 그룹은 컬러 쇼 출연을 희망하고, 우리도 긍정적이라고 생각한다.

'이게 무슨 개소리야?'

자신이 커피인 줄 알고 기름을 마셨나 싶은 내용이었다.

다시 한번 찬찬히 읽어 봐도 이상하다.

거장들과 공동 작곡을 준비하는 알려지지 않은 천재가

케이팝 보이 그룹이라고?

알려지지 않았다면서 대체 어떻게 거장들과 공동 작곡을 하는데?

어디서부터 지적해야 될지 모르겠는 논리 구조다.

아니, 그보다 믿기가 힘들다.

한숨을 내쉰 파울은 고개를 절레절레 저으며 영상을 재생했다.

확인한 뒤에 스태프들에게 한 소리를 해야겠다고 생각하며.

하지만.

"……!"

한시온이 준비한 컬러 쇼의 '발작 버튼'이 눌려 버렸다.

* * *

영상의 시작은 새하얀 순백의 공간에 덩그러니 놓인 새까만 일렉트로닉 기타였다.

기타를 한참 조명하던 화면 뒤로 지지직- 하는 화이트 노이즈가 들릴 듯 말 듯 들리는데…….

따각, 따각.

어디선가 리드미컬한 구둣발 소리가 들려왔다.

그 순간 누군가의 손이 덩그러니 놓인 기타를 붙잡자,

스피커와 연결된 일렉트로닉 기타의 새까만 선이 마법처럼 나타났다.

손에서부터 시작된 화면이 틸 업 되자 등장하는 건 한시온이었다.

씩 웃은 한시온이 일렉트로닉 기타를 연주하기 시작했다.

수준 높은 기타 솔로였다.

전설적인 하드록 밴드의 퍼스트 기타 헤드라이너들이 선보였다고 믿을 수 있을 정도의.

화면은 스윙까지 해 가며 열정적으로 기타를 치는 한시온의 모습을 좁게 잡고 있었다.

그때 한시온이 연주에 취한 듯 기타의 바디를 거칠게 튕겼다.

그러자 그 동작에 밀려나는 듯, 화면조차 옆으로 튕겨졌고, 거기에는 이이온이 있었다.

As I look around me!
(주변을 쭉 둘러보니)

거의 고함을 지르듯이 질러 낸 첫 마디, 첫 소절.
리버브 효과가 잔뜩 들어간 그 첫 소절을 받아 내듯이 한시온의 기타가 불을 뿜었다.

하지만 재밌는 건, 기타 연주의 파워가 약해졌다는 것이었다.

대신 멜로디컬함을 뽐낸다.

마치 이이온이 퍼스트 일렉트로닉 기타고, 한시온이 세컨드 멜로디 기타라는 듯.

Satan wanna put me in bowtie.
(사탄은 내가 보타이를 착용하길 원해)

그동안 이이온은 까랑까랑하고 거친 음색을 정확한 음을 찍어서 화합하도록 노력하고 있었다.

하지만 이번엔 아니었다.

까칠한 음색을 전혀 숨기지 않는다.

그러자 한시온의 기타가 더 부드러운 연주를 만들어 냈다.

처음엔 강렬한 록 기다로 시작했던 것 같은데, 단 두 마디 만에 컨템포러리 록의 냄새를 풍기고 있었다.

하지만 그때 순백의 공간에서 언제 나타났는지 모를 구태환이 노래를 부르기 시작했다.

이윽고, 공간의 색이 쨍한 주황빛으로 바뀌었다.

What you gonna do?

(너라면 어떻게 하겠어?)

한시온은 세달백일의 재능을 두고, 그동안 자신이 만났던 팀원들 중에서 하위권이라는 평가를 내렸었다.

냉정하지만 정확한 평가이기도 했다.

그가 지금껏 꾸린 팀들은 빌보드와 그래미를 동네 언덕처럼 오르던 이들이었으니까.

하지만 한시온이 유일한 예외를 둔 멤버가 있다면, 그건 구태환이었다.

I need all the love,
(난 사랑이 전부 필요해)

음색, 발음, 발성은 전부 고칠 수 있다.

이이온처럼 불운한 음색을 타고난 경우가 아니라면, 교정이 가능하다.

하지만 구태환이 타고난 리듬감은 문장 그대로 타고난 것이다.

설령 오토튠 같은 목소리 보정 프로그램으로 똑같은 타이밍을 만들어 낸다고 해도, 불가능하다.

한 단어에 숨을 얼마나 쓰는지.

마디 사이의 여백에 숨을 얼마나 참는지.

호흡을 어디서 채우고, 어디서 비우는지.

말도 안 되게 많은 요소들이 본능적으로 어우러지는 것이 '리듬감'이기 때문이었다.

I mean all of us
(그러니까 우리 모두)

쨍한 주황빛 아래에서 노래를 부르는 구태환은, 그동안 한시온이 구태환에게 보고 싶은 모습 그대로였다.

목소리에 담긴 힘이 얼마나 쫀득했는지, 분명 컨템포러리 록이라고 생각했던 장르가 록 기반의 컨템포러리 R&B로 들릴 정도로.

그렇게 짧은 본인의 파트를 끝낸 구태환이 호흡을 흡 들이키는 순간.

화면이 휙 돌아가며, 온 세상이 보라색으로 바뀐다.

동시에 최재성이 일렉트로닉 기타 연주에 맞춰서 신나게 춤을 춘다.

힙합이란 장르를 탄생시킨 '브레이크 다운'은 결국 드럼 때문에 탄생한 거다.

사람의 심장 박동은 외부 소리에 적응하는 특성을 가지고 있는데, 드럼 소리가 빨라지면 심장 박동도 빨라진다.

그러면 뇌는 저절로 '흥분했다.'라는 판단을 내리게 되고, 실제로 흥분을 하는 것이다.

최재성의 춤이 꽂히는 지점도 마찬가지였다.

춤이 먼저 들어가고, 뒤늦은 타이밍에 들어온 드럼이 쿵쿵거리자 처음엔 이게 뭔가 싶다.

기타 솔로에서 시작해 여기까지 도달하자, 산만한 전개처럼 느껴지기도 한다.

하지만 어느새 최재성의 춤과 함께 비트를 즐기게 된다.

강렬하게 느껴졌던 한시온의 기타 솔로는 어느새 샘플링 기법의 루프(LOOP) 구간처럼 전락해 버렸고, 이이온이 뱉어 낸 선전 포고는 멜로디로 깔렸다.

구태환의 노래가 줬던 리듬감의 잔상은 드럼 속에 숨어 있고, 최재성이 그걸 마음껏 즐긴다.

그러니 이러한 무대 구성이 주려는 메시지는 간단하다.

우리는 개개인으로도 뛰어나다.

하지만 이런 우리가 하나로 모이면 어떨 거 같아?

이윽고 화면을 가득 채운 빛이 파란색으로 바뀐다.

세달백일의 색.

As I look around me!
(주변을 쭉 둘러보니)

이이온이 다시 한번 소리를 지르지만, 공격적이진 않았다.

여전히 까칠하긴 하지만, 그럼에도 목소리가 비트에 묻어 있다.

이번엔 선전 포고가 아니다.

노래가 시작된다는 걸 한 방에 환기시킨 거다.

그걸 받은 옥타브가 확 올라간 온새미로가 노래를 시작했다.

Colorful Struggle.

화려한 몸부림.

본래 이 곡은 한시온이 쇼 비즈니스에 질려서 만든 노래였다.

대중들은 자신을 보며 화려함밖에 떠올리지 못하지만, 그 이면에는 몸부림이 있으니까.

가사 그대로 사탄은 그에게 보타이(장례식장에서는 매는 나비넥타이)를 착용하길 원하지만, 날 구원해 줄 수 있는 건 사랑뿐이니까.

그래서 노래를 부를 수밖에 없었다.

In front of a dirty mirror
(때 묻은 거울 앞에서만)

그의 모든 삶을 알고 있는 건, 때 묻은 거울 속의 자신밖에 없으니까.

하지만 생각해 보면 신기하다.

한시온은 Colorful Struggle을 거의 모든 회차에서 불렀다.

상황에 따라 자신이 부르는 게 여의치 않을 때는 타인에게 내어 주었다.

그만큼 좋아하는 노래였으니까.

하지만 단 한 번도 팀으로 불러 본 적은 없었다.

세달백일과 함께 부르는 게 처음이다.

They found me
(그들은 나를 찾을 텐데)

* * *

"……."

컬러스 미디어의 치프 매니저인 파울은 포트폴리오 동영상이 끝나자 벌렸던 입을 다물었다.

그리곤 생각에 잠겼다.

⟨3 Months 100 Days⟩라는 팀명을 처음 들었을 때는 이게 뭔가 싶었다.

삼 개월 그리고 백 일?

아무리 밴드가 이름을 막 짓는 편이라고 해도, 이상하지 않은가.

〈할리우드 언데드〉, 〈화이트 좀비〉, 〈시스템 오브 어 다운〉이란 밴드 이름을 처음 들었을 때랑 비슷한 느낌이다.

하지만 노래가 끝나니 묘하게 잘 어울린다.

그래, 그런 느낌이다.

처음 〈Cigarettes After Sex〉란 밴드 이름을 듣고는 어이가 없었는데, 노래를 듣고는 납득했던 것처럼.

하지만 그럼에도 파울은 자꾸 묘한 거부감을 느끼는 자신을 발견했다.

왜 이런 거부감이 드는 걸까?

혹시 동양인이라서?

절대 아닐 거다.

파울은 인종 차별주의자기 아니고, 오히려 아시아 시장과 가수들에게 굉장한 관심이 있었다.

영상 수준이 별로라서?

개소리다.

이 노래를 듣고 감탄했던 건, 프로듀서와 퍼포먼서들이 엄청난 하모니를 이루어 냈기 때문이다.

사실 냉정하게 따져 보면 무대 구성이 좀 산만하다.

기타 솔로?

까칠한 음색을 터트리며 시작되는 장르의 변주?

갑자기 R&B 냄새를 내는 리듬감?

더 갑자기 터져 나오는 댄스 브레이크?

아마 음원을 낸다면 인트로의 기타 솔로부터 댄스 브레이크까지는 삭제해야 할 거다.

그 다음부터 이 노래가 시작된다고 보는 게 적절하다.

아마 실제로도 그럴 거다.

그럼에도 불구하고 파울이 넋을 놓고 영상을 봤던 건, 프로듀서가 의도하는 바를 퍼포머서들이 완벽하게 수행했기 때문이었다.

아주 조금만 잘못된 행동을 하면 난잡하고 산만해질 텐데, 전혀 그런 느낌이 없다.

완벽했다.

그럼 음악이 좀 아쉽나?

"Fuck."

더 개소리다.

그런 생각을 한 자신에게 욕을 한 번 퍼부어 주고는 내면의 생각을 관조해 봤다.

'인원 구성이 많아서?'

그건 좀 걸리긴 한다.

보통 컬러 쇼는 한 명의 퍼포먼스를 조명하는 콘텐츠

고, 많아 봐야 두 명이다.

하지만 이 정도로 한 팀이 일체감 있게 노래를 부른다면 상관없는 게 아닌가?

그러니까 모르겠다.

뭐가 이렇게 불편한 건지.

파울은 결국 정답을 알지 못하고 영상을 그대로 다른 매니저에게 들고 갔다.

물론 설명하는 데 애를 먹었다.

"그러니까 알려지지 않은 천재인데 거장들과 협업을 하는 케이팝 아티스트라고요?"

"나도 이상한 거 아는데, 그냥 좀 봐."

"아니, 거짓말 아니에요?"

"거짓말이든 뭐든 일단 보고 이야기하자고."

자신과 똑같은 의문을 품는 매니저에게 영상을 보여 주었다.

빈응도 자신과 똑같았다.

한동안 감탄한 기색을 지우지 못하더니, 입을 연다.

"워우, 이 친구들 누구에요? 삼 개월 백 일?"

"케이팝 아티스트라잖아."

"케이팝 보이 밴드는 이런 느낌이 아닐 텐데?"

"일단 그런 건 나중에 생각하고, 어땠어?"

"노래와 영상은 너무 좋은데, 좀 기분 나쁜데요."

"응? 왜?"

"이건 컬러 쇼의 형식이잖아요. 색이 너무 자주 바뀐다는 거 빼고 똑같아요."

"그게 문제인가? 포트폴리오 영상들 중에는 그런 거 많잖아."

"아, 그렇긴 한데……. 그러네? 왜 내가 기분이 나빴지?"

"그치? 묘하게 뭔가 거슬리지?"

"치프도?"

"맞아. 그래서 자네한테 보여 준 거야."

어처구니없게도, 치프 매니저와 매니저가 알지 못하는 정답을 알려 준 건 인턴이었다.

근처에서 업무를 처리하고 있던 인턴이 우연히 영상을 보고는 말했으니까.

"와우, 이거지!"

"뭐가?"

"새로운 미디어 팀이 붙은 거죠? 느낌 너무 좋은데요?"

"어?"

"이건 언제 공개돼요? 사람들 반응이 엄청날 거 같아요."

그 순간, 치프 매니저와 매니저는 자신들이 느꼈던 불쾌함의 정체를 깨달았다.

〈3 Months 100 Days〉라는 팀의 포트폴리오 영상이…….

컬러스 미디어에서 만든 것보다 더 뛰어나 보여서.

물론 영상의 퀄리티 자체를 이야기하는 건 아니다.

퍼포먼서들의 존재감이 너무 커서 위화감을 지워 버린 거지, 카메라 워킹이나 컷의 활용에서는 아쉬운 지점이 많았다.

하지만 이런 건 돈을 들이면 다 해결될 문제다.

그보다 중요한 건 영상의 본질적인 느낌과 영상이 전개되는 컨셉이다.

한데, 그게 그들의 오피셜 채널에 올라온 것보다 좋다.

확연히 뛰어난 부분이 있다.

그때 매니저가 입을 열었다.

"치프."

"왜."

"이거 우리가 받으면 더 훌륭하게 만들 수 있어요?"

"……."

"적어도 포트폴리오 영상보다는 잘 만들어야 할 텐데……."

섣불리 가능하다는 대답이 나오지 않는다.

하지만 그렇기 때문에 도전 의식이 든다.

"해 봐야지."

"바로 아티스트랑 컨택할까요?"

"그래. 언어적 문제가 있을 수도 있으니, 통역가도 수배해."

"알겠습니다."

"일단 난 아트팀이랑 포트폴리오 영상을 좀 분석해 봐야겠어."

그렇게 파울은 불타올랐다.

하지만 파울이 인지하지 못했던 건, 그가 너무나 쉽게 세달백일의 출연을 결정지었다는 것이었다.

그동안 컬러쇼에 케이팝 아티스트가 출연한 적이 없으며, 그룹 단위의 아티스트가 출연한 적도 없었는데.

이유는 간단했다.

자신들의 콘텐츠보다 더 뛰어난 것 같다는 발작 버튼이 눌린 것이었다.

한시온이 의도한 대로.

* * *

미래를 안다는 건 좋다.

미래 지식을 활용할 생각에 가슴이 뛰고, 설렘을 느끼는 시기는 한참 전에 지났지만, 그래도 편하다.

세달백일이 컬러 쇼의 출연 확정을 받을 수 있었던 것

도 이 때문이다.

〈A Color Show〉는 2~3년 쯤 뒤, 콘텐츠의 성격을 바꾼다.

영상미를 깔아 주고 가수의 노래에만 집중하는 정적인 구조에서, 노래 감상을 방해하지 않는 선에서 연출이 들어가는 식으로.

난 그 느낌이 어떤 건지를 정확히 알고 있었고, 우리의 영상에 담아 냈다.

그럼 어떻게 되느냐?

음악에서는 밀려도 영상에서 절대 밀릴 리 없다는 컬러스 미디어의 이상한 발작 버튼이 눌린다.

뭐, 이것도 음악이 좋아야지 할 수 있는 일이긴 하다.

어설픈 음악으로 이런 짓을 하면 본질에 충실하지 못하다는 소리만 듣지.

그런 의미에서 말하자면 세달백일의 컬러풀 스트러글은 내 예상보다 훨씬 잘빠져서, 이런 방법을 동원하지 않아도 섭외가 됐을 것 같다.

다만 끊이지 않는 노이즈가 필요한 우리 입장에선 시간이 오래 걸렸을 거다.

첫 번째 순수 아시아 게스트(미국에서 활동하는 동양계 제외)에다가 케이팝 그룹이니까.

그리고 미래를 아는 것의 장점은 이것뿐만이 아니다.

누군가 그러지 않았던가?

역사를 잊은 이에겐 미래가 없다고?

이게 내 상황에 정확히 맞는 인용구는 아니겠지만, 난 지금껏 수많은 쇼 비즈니스 산업의 역사를 목격해 온 사람이다.

특정 이슈에 대중들이 어떻게 반응하는지, 특정 상황에서 어떤 일이 벌어지는지, 특정 구조에서 누가 불만을 품는지.

상황의 크기마다, 개인의 성향마다 반응성의 차이는 있지만 대부분 비슷한 결로 움직인다.

그래서 테이크씬의 과거 녹음 파일을 입수할 수 있었다.

수장인 최대호의 캐릭터성과 라이언 엔터의 구조를 보아하니, 누가 나한테 녹음 파일을 팔 수 있는지 짐작이 갔으니까.

최대호는 누가 파일을 팔았는지 상상도 못하고 있겠지만…….

그건 나중의 재미로 남겨 둬야겠다.

아무튼 이처럼 난 수없이 많은 회귀를 통해서 쇼 비즈니스 산업의 미래를 어느 정도 짐작할 수 있게 되었다.

하지만 그렇다고 이걸 과신하면 안 된다.

언제나 예외의 상황들이 있고, 특별한 이들이 있다.

믿기 힘든 멘탈리티를 보여 주는 세달백일 멤버들처럼.

그리고.

"아니 이게 무슨……."

우리의 팬덤 이름처럼.

사건의 발단은 이랬다.

우리의 입맛대로 만든 세달백일의 공홈에는 팬덤의 의견을 수용할 수 있는 공간들이 꽤 많다.

당연히 투표를 할 수 있는 게시판도 있다.

훗날에는 앨범의 타이틀 곡을 팬들의 의견대로 고른다든지, 공연 일정에 대한 투표를 올릴 공간이지만.

일단 급한 건 그게 아니었다.

바로, 팬덤 이름이었다.

공식 색은 정했지만, 팬덤 이름이나 응원 봉, 응원 문구는 정해지지 않았으니까.

그래서 최초 투표로 우선 팬덤 이름이 진행되었다.

후보군도 당연히 팬들한테 받았고.

한데, 압도적인 1위로 선정된 게.

[Time Traveler]

이거다.

"……."

선정 이유도 명확하다.

세달백일이라는 팀명이 세 달 혹은 백 일(B팀 선발전 기간을 포함해서) 동안 팀이라는 뜻이 아니었겠는가?

결과적으로는 쭉 한 팀으로 활동하게 되었지만, 일단 최초의 뜻은 이거였다.

그래서 누군가 의견을 냈다.

너희가 세 달하고 백 일만 활동한다면 우린 영원히 그 시간을 여행하겠다고.

좋은 의미라고 생각한다.

근데 좀 당황스럽다.

시간 여행자.

엄밀히 따지면 회귀를 반복하는 내 상황과는 살짝 다르다.

하지만 비선형적인 시간을 여행한다는 속뜻은 완전히 일치한다.

어떻게 이럴 수가 있지?

이게 자연스럽게 나올 수 있는 이름인가?

이에 대한 멤버들의 반응은 시니컬했다.

"형이 그룹 이름을 대충 지어서 그렇잖아요."

"내가?"

"세달백일에 뭘 가져다 붙여도 이상하잖아요."

"내가 세 달이라고 말했을 때, 다들 괜찮다고 하지 않았어?"

"그거야 카메라 앞이니까 그렇죠. 누가 봐도 형이 B팀 에이스였는데, 의견을 꺼내니까 사회생활을 했던 거죠."

그랬던 거였다고?

나는 괜찮다고 생각했었는데.

하지만 이제 와서 이름을 바꾸기도 늦었다.

이제 막 라이언 엔터의 영향력에서 벗어나서 '세달백일'이라는 이름을 대중들에게 뿌리고 있으니까.

그래 뭐, 설마 누가 알고서 한 거겠어.

그냥 한 거겠지.

하지만 생각해 보니 좀 재밌다.

회귀자가 개입하기 전까지 이 세상에 존재하지 않았던 '세달백일'이란 팀의 팬덤명이 시간여행자라니.

어쩌면 운명적인 느낌까지 든다.

그런 생각을 하며 팬덤들이 의견을 올리는 공홈을 보고 있으니, 역시 추가 활동을 원하고 있었다.

솔직히 좀 미안하다.

팬들이 우리를 볼 수 있는 기회가 별로 없으니까.

하지만 지금 당장의 국내 방송 활동은 쉽지 않다.

아직 최대호의 억제력이 남아 있으니까.

그러나 '아직'이다.

얼마 남지 않았다.

억제력이 딱 한 번만 끊어지면, 우리는 둑이 터지듯 세상으로 쏟아질 거다.

짧으면 한 달, 길면 세 달 안에.

그런 생각을 하고 있는데, 최재성이 엉덩이를 끌며 다가왔다.

"근데 형, 컬러풀 스트러글 있잖아요."

"어, 왜?"

"이걸로 국내 활동은 안 하죠?"

"할 수도 있는데?"

"영어 가사로요?"

"그건 좀 고민 중인데, 케이팝 시장에 맞춘 버전이 있어."

우리가 컬러쇼에서 부를 버전은 알앤비 감성에 가깝지, 케이팝 감성은 아니다.

벌스와 후렴이 명백히 구분되지 않으며, 흘러 나가는 느낌이 강하니까.

뭐가 더 좋고 더 나쁘다는 이야기를 하는 게 아니라, 장르적 감성에서 그렇다는 거다.

그래서 케이팝에 어울리게 편곡을 한 버전이 있다.

컬러풀 스트러글을 케이팝으로 만들어 본 적은 없으니, 나도 처음 해 보는 시도였다.

연습실 곳곳에 널브러져 있던 멤버들이 내 말을 들었는지, 고기에 꼬이는 파리처럼 모여든다.

와, 근데 나도 모르게 이온 형의 영향을 많이 받았나보다.

반사적으로 '이온 형한테 파리라고 하는 건 버릇없는 건가?'라는 생각을 했다.

이게 K-예절인 건가.

마침 당사자인 이온 형이 입을 연다.

"근데 왜 안 들려줬어?"

"헷갈리잖아요. 그러니 계속 안 들려줄 거예요. 컬러쇼에서 부를 알앤비 버전에 영향을 줄 수도 있어서."

"어, 비트만 들려주면 안 돼?"

"안 돼요. 여러분들 실력이 부족해서."

최근 세달백일 실력이 너무 많이 늘어서 비트만 듣고도 대충 어떤 식인지 파악해 버릴 수가 있다.

나와 함께 지내다 보니 슬슬 음악을 듣는 방법을 깨닫기 시작한 것 같았거든.

하지만 본인의 가치 판단에 객관성과 독립성을 부여할 정도의 실력은 안 된다.

사실 쉽지 않은 일이긴 하다.

이걸 할 수 있으면 어지간한 톱 티어 작곡가를 넘어서는 청음 능력을 갖추게 되는 거니까.

단 몇 달 만에 여기까지 넘볼 실력이 됐다는 게 신기할 정도다.

"자자, 연습이나 합시다."

그 뒤로 우리는 연습실에서 구슬땀을 흘렸다.

지금 우리가 준비하는 무대는 첫 공연이었다.

공연이라는 표현 말고는 딱히 붙일 말이 없다.

콘서트라는 말을 붙이기에는 소소할 것 같고, 인디 공연이라고 하기에는 거창할 것 같고.

사실 나도 잘 모르겠다.

그래서 조만간 공홈에서 공연 관람 의사를 설문 조사할 거다.

단순한 설문 조사일 뿐이니까 허수가 많긴 하겠지만, 공연장 규모를 결정해야 하니까.

내 생각에는 1,000~1,500명 정도가 관람하지 않을까 싶다.

그렇게 연습에 매진하다가 핸드폰을 확인했는데, 크리스 에드워드에게 반가운 메시지가 와 있었다.

모든 거장들에게 곡 전달이 끝났고, 심지어 얀코스 그린우드는 초안을 보내 왔다고.

한 분야의 지배적인 위치에 있는 사람들이라서 같이 작업하기가 참 편하다.

본인들이 사기를 당한다거나, 공동 작곡의 저작권 갈등

같은 건 고려도 하지 않는다.

곡 작업만 하면 매니지먼트가 알아서 모든 걸 해결해주는 삶을 너무 오래 살아 온 탓이다.

그런 생각을 하며 에디가 보내 준 곡을 다운받았다.

사실 곡 자체에는 큰 감흥이 없었다.

이들과의 공동 작곡은 너무나 많이 진행한 일이고, 대충 어떤 식의 곡이 날아올지 예상되기 때문이다.

랜덤적인 요소가 없는 건 아니지만, 대부분 3~4가지 버전 안에서 결과물을 완성한다.

심지어 레게의 거장인 루츠 로비 같은 경우는 99%의 확률로 루츠 레게를 만든다.

뭄바톤을 만드는 경우도 있긴 한데, 이건 진짜 드물다.

그러니 얀코스 그린우드의 곡도 이전 생에서 수도 없이 들어 봤던 버전일 것이었다.

그런 생각을 하며 팝 재즈 거장의 곡을 재생했는데…….

"……!"

깜짝 놀랐다.

태어나서 처음으로 듣는 멜로디가 쏟아졌으니까.

이게 뭐지?

평론가들은 팝 재즈인지, 재즈 팝인지에 민감하게 반응하지만 난 그런 건 아무래도 좋다.

팝적인 요소와 재즈적인 요소가 아름답게만 섞여 들어간다면 어디에 우선순위를 둬도 상관없다는 것이었다.

한데, 이번 얀코스 그린우드의 곡은 팝도 아니고 재즈도 아니었다.

그 두 개에서 영감을 받은 또 다른 무언가다.

나조차도 섣불리 장르적 정의를 내리기 힘든.

하지만 그 무엇보다 중요한 건, 엄청나게 좋다는 것이었다.

얀코스 그린우드가 무슨 생각으로 이런 곡을 만들었는지 알겠다.

기술적으로, 기법적으로 완성되어 있지 않던 젊은 시절의 느낌을 살린 것이다.

하지만 왜?

내가 모든 회차에 얀코스의 곡을 받은 건 아니지만, 적어도 스무 번은 넘게 받았을 거다.

하지만 단 한 번도 이런 식의 곡을 보내 온 적이 없는데?

그런 생각을 하고 있었는데, 갑자기 구태환이 입을 열었다.

"우리 노래 같다."

"뭐?"

"그거, 네가 작곡한 거 아니야?"

난 원래 스마트폰 스피커로 노래의 인트로만 들으려고 했었다.

도입부만 들어도 무슨 곡을 만들어 왔는지 알 수 있으니까.

하지만 놀라서 곡을 듣고 있었고, 덕분에 세달백일 멤버들도 듣게 되었다.

한데 우리 노래 같다고?

"어떤 의미에서?"

"몰라? 설명은 못하겠는데?"

"이거 뭐야? 좋다."

멤버들이 한마디씩 보태는 걸 듣고는 이유를 깨달았다.

내가 거장들에게 음악 소스를 보낸 이유가 무엇인가.

라이언 엔터의 압박에서 세달백일이 자립하기 위해서다.

즉, 세달백일을 위해 만든 노래였다는 소리다.

그게 내 음악에 영향을 줬고, 또다시 거장들에게 영향을 줬다.

덕분에 처음 듣는 음악이 쏟아졌다.

"……."

재밌네.

재밌다.

이번 생은 의도한 대로 굴러가는 게 그리 많지 않은 것 같다.

테이크씬으로 데뷔하려고 했지만, 세달백일을 선택했던 것처럼.

하지만 그렇기 때문에 정말 오랜만에 살아 있음을 느낀다.

세달백일의 독립 활동이 시작된 이후로 회귀 우울증을 느껴 본 기억이 거의 없는 것 같다.

"우리 EP 앨범에 들어갈 곡이에요."

내친김에 전부 말해 줬다.

"얀코스 그린우드, 루시드 빈, 모스코스, 에릭 스캇, 루츠 로비, 메리 존스, 도널드 맥거스."

"응?"

"이게 우리의 EP 앨범에 참여할 뮤지션들의 이름."

멤버들이 놀라서 뒤집어질 거라고 생각했다.

"외국인들이네."

"요즘은 외국 작곡가들이랑 케이팝이랑 협업이 많잖아요."

"그치."

근데 반응이 왜 이러지.

이게 단지 외국인이라고 끝날 문제야?

"설마, 누군지 몰라?"

"유명한 사람들인가?"

"……아냐. 작곡가 지망생들이야. 모르는 게 당연하지."

두고 봐라.

이 사람들이 우리 EP 앨범에 참여했다는 게 밝혀지면 무슨 일이 벌어질지.

그 다음에 무식하다고 비난해야 할 것 같다.

* * *

아이돌 그룹의 티저를 공개하는 방식은 다양하고, 회사마다 조금씩 방침이 다르다.

라이언 엔터의 티저 방침은 일주일 전, 하루 전이었다.

두 번에 나눠서 티저를 공개하고, 뮤직비디오를 공개하는 것이었다.

그리고 오늘은 테이크씬의 데뷔 티저가 공개되는 날이었다.

사실 회사 내부에서는 말이 많았다.

미리 예정된 스케줄이 많은 건 알겠지만, 발매를 미뤄야 하지 않겠냐면서.

하지만 이미 드롭 아웃과 NOP의 격돌 때문에 한 번 밀린 일정이다.

더는 미룰 수 없었다.

그래서 티저를 공개하면서도 어느 정도 수위의 욕을 먹

을지에 대한 설왕설래가 많았었다.

하지만 장점도 있긴 하다.

외부의 비난이 많으면 많을수록 테이크씬의 팬덤은 똘똘 뭉칠 테니까.

그렇게…….

[TAKE# '씬스틸러' M/V Teaser 1]

티저가 공개되었다.

하지만 라이언 엔터가 상상했던 것과 다르게, 티저에는 별다른 욕이 없었다.

왜냐하면…….

모든 이슈가 다른 쪽으로 쏠렸으니까.

같은 날짜, 같은 시간에 공개된.

[A Color Show Teaser]

세달백일의 컬러 쇼 티저로.

* * *

미국은 한국과 다르게 음악 방송이 없다.

물론 MTV나 MUCH MUSIC처럼 음악을 전문적으로 소개하는 채널이 있긴 하다.

 하지만 한국 음악 방송의 성격을 고려해 보면, 차라리 유명 토크 쇼나 GMA 같은 아침 방송, 혹은 라디오 방송이 더 비슷한 역할을 한다고 볼 수 있었다.

 하지만 이런 프로그램에는 신인이 설 자리가 거의 없다.

 시청률과 관련이 있기 때문에, 이미 유명한 이들이 출연한다.

 그래서 컬러 쇼가 특별했다.

 서구권의 많은 이들이 감상하며, 드물게 신인이 설 수 있는 콘텐츠였으니까.

 물론 라인업을 보면 유명 가수들이 70% 이상을 차지했지만, 그래도 30%는 굉장한 수치였다.

 한국에서 해외 팝을 즐기는 이들 중에는 컬러 쇼를 통해서 신인을 접하는 경우도 있었으니까.

 그런 컬러 쇼에 세달백일이 출연한다는 건, 놀라운 일이었다.

 -ㅋㅋㅋㅋㅋㅋㅋ와 이건 마케팅빨로 출연한다는 말도 못하겠는걸?
 -왜? 걍 마케팅빨일 수도 있지.

-회사가 없잖아ㅋㅋㅋㅋ 무슨 마케팅이얔ㅋㅋㅋ

-얘네가 그렇게 잘함? 대체 어케 출연 확정이 난 거지?

-여기 세달백일 팬 없냐???

-외팝게에 아이돌 팬이 있겠냐

-ㅅㅂ 궁금해서 못 참겠다. 세달백일 팬클럽에 가입하고 온다.

-ㄱㄱ 포카 잘 뽑으면 가입비 회수하고도 남음.

-그게 뭔 말임?

-(링크) 1997이나 특별 컷 뽑으면 버리지 마라.

-이 새끼 수상할 정도로 잘 아는걸?

-이미 팬클럽 회원 아니냐.

-아니다.... 짝녀한테 포카 주면서 고백했다가 까인 음대생일 뿐이다...

-아아앗....

-아군이다 사격 중지!

-그래도 세달백일 좋아한다... 얘네 잘한다... 팬클럽 활동도 재밌다... 공홈 잘 만들어 놨다....

-울지 말고 말해 봐.

덕분에 파급력은 상당했다.

많은 기업들이 선택하는 효과 좋은 마케팅 기법 중 하

나가 인지도 마케팅이다.

유명인이 사용하니, 좋은 상품이겠거니 생각하게 만드는 마케팅.

세달백일의 행보도 마찬가지였다.

유명 콘텐츠가 선택하니, 좋은 가수들이겠거니 생각될 수밖에 없었다.

이건 컬러 쇼라는 콘텐츠를 처음 들어 본 이들에게도 충분히 먹혔다.

컬러 쇼 채널에 가 보니, 지금까지 출연한 아티스트들의 면면이 심상치 않았으니까.

이처럼 일반 대중들이 세달백일의 성취에 집중했다면, 아이돌 문화의 거주자들은 달랐다.

-일부러 테이크씬 티저 나오는 거 맞춰서 발매한 거 같지??
-그런 거 같아. 테이크씬 티저 완전 묻힘.
-기존쎄….
-과잉 해석 아니야?
-그렇다기에는 업로드 시간이 분 단위로 똑같은데;
-라이언 티저 내는 거 뻔하니까.

세달백일의 의도를 파악한 것이었다.

이런 판단은 쇼 비즈니스 업계의 종사자들 역시 마찬가지였다.

"아니 왜 라이언이랑 세달백일이랑 싸우는데 치열해?"

"그러니까. 이러다가 최 대표 민망해지겠네."

"와, 근데 얘네는 하늘이 돕는다. 프로그램 조작 논란부터 컬러 쇼까지 공개되는 타이밍이 기가 막힌데?"

"최대호는 억울하겠어."

하지만 그들이 몰랐던 건 하늘이 돕는 게 아니라는 것이었다.

한시온이 만들어 낸 것이지.

이런 와중에 라이언 엔터는 홍보팀을 가동하며 어떻게든 테이크씬의 버즈량을 만들어 내려고 노력했지만.

[세달백일 독립일기 3화 | 팬클럽, 팬 키트, 컬러 쇼 섭외 비하인드?! (Feat. 크리스 에드워드)]

세달백일의 자컨에 완전히 묻혀 버렸다.

나락 탐지기와 드롭 아웃 덕분에 천만 가까운 조회 수를 기록했던 1화에 비해, 2화는 별다른 이슈를 만들어 내지 못했었다.

하지만 3화는 다시 터졌다.

대중들의 호기심이 몰린 덕분에 무시무시한 기세로 조

회 수를 올리기 시작한 것이었다.

3화의 내용은 시간의 흐름에 충실했다.

멤버들이 공홈에 들어갈 기능을 고민하고, 팬 키트에 들어갈 굿즈를 고르는 내용이 먼저 나왔다.

이 와중에 한시온이 CD 플레이어를 골랐다가 퇴짜를 맞는 장면도 나왔다.

-쟤는 나락 탐지기에서도 그러더니 왜케 앨범에 진심이냐?
-그럼 인디 밴드가 앨범 말고 뭐에 진심이냐고ㅋㅋㅋㅋ
-아 그치. 인디 밴드였지ㅋㅋㅋ
-혼란하다 혼란해.
-컬러 쇼 이야기는 언제 나오려나?

다음으로 포토 촬영 이야기가 나왔고, 멤버들끼리 0.1% 확률로 제공될 특별 컷의 의상을 골라 주는 장면도 있었다.

[시원하게 한번 벗죠.]
[……미쳤어?]
[요즘 운동 열심히 했잖아요.]

이이온의 상의를 벗기려던 한시온의 시도가 멤버들의 반발로 저지된 이후, 최재성이 한시온의 의상을 고를 차례가 다가왔다.

[이온 형, 제가 복수해 드릴까요?]
[복수?]
[시온 형이 젤 괴로워할 게 뭔지 알거든요. 아, 물론 복수 때문만은 아니고, 팬들이 좋아할 거예요.]
[너…… 뭐 하려고 그래?]

한시온의 불안한 얼굴 뒤로, 화면이 전환되고 의상이 공개되었다.
정말로 귀염뽀짝한 동물 잠옷이었다.
고양이귀가 달린.
안색이 변하는 법이 거의 없는 한시온이지만, 이번엔 누가 봐도 부끄러워하는 걸 알아볼 수 있었다.
심지어 말까지 느려졌다.

[이거는, 내가 입기에는, 안 어울리지 않을까?]
[멤버들끼리 골라 주기로 했잖아요.]
[내가 고른 의상은 무산됐잖아.]
[형은 의상을 고른 게 아니라 벗겼잖아요.]

[다른 걸로 해 줘.]
[놉.]
[솔로 곡 줄게. 진짜 (편집) 좋은 걸로.]

참고로 편집된 지점에는 '드롭 아웃이나 NOP한테 준 곡이 쓰레기처럼 보일 정도로'라는 다급한 외침이 생략되어 있었다.

침몰하는 한시온을 보는 게 재밌긴 했지만, 큰 문제가 될 수 있는 문장이라서.

본래 이런 내용은 팬덤들은 좋아하지만 일반 대중에게 어필이 되지 않는 내용이었다.

하지만 한시온이 진심으로 부끄러워했기 때문에 예능 프로그램의 벌칙 의상 같은 느낌이 있었다.

덕분에 대중들도 꽤나 즐거워했다.

-ㅋㅋㅋㅋㅋㅋㅋ힙시온쉑 피에서 끓어오르는 반골 기질을 참고 있는 게 보임ㅋㅋㅋㅋ
-억ㅋㅋㅋ 부끄러워하는 거 봐.
-ㅋㅋㅋㅋㅋ멤버들 진짜 좋아하네ㅋㅋㅋㅋ 쌓인 게 많았나 봄
-야 나 남잔데 이 새끼들이 좀 좋아진 거 같다ㅋㅋㅋㅋ
-내가 지금까지 본 한시온 중 제일 건강해 보인다. 안

면 혈액순환 잘되는 거 봐라.

그렇게 한시온의 부끄러운 얼굴 뒤로 광고 타임이 돌아왔다.

세달백일 독립일기의 영혼 없는 광고는 나름 밈으로 유명한 것이었다.

1화에서는 물과 공기를 광고했고, 2화에서는 세상을 밝게 비춰 주는 빛과 생생한 소리를 광고했다.

PPL이 전혀 없었다는 소리였다.

하지만 3화에서는 달랐다.

-오!!!!!!!! 피피엘!!
-뭔데 뭔데
-단백질이네ㅋㅋㅋㅋ
-아 요즘 헬스 시장 든든하지.
-야 근데 세달백일 몸 좋지 않냐? 저번부터 느꼈는데 운동 많이 하는 거 같음.
-한시온 어깨가 점점 넓어짐.
-개자식들아 잘생겼으면 운동하지 말자 ㅡㅡㅡ
-그러네. 생각해 보니까 열받네

한데 놀랍게도 PPL은 엄청난 진실성이 있었다.

연출이 아니라 진심으로 한계까지 운동을 하는 멤버들의 모습이 나온 뒤, 단백질 쉐이크를 섭취했다.

그리곤 인바디의 변화를 보여 주었다.

한시온의 지도하에 운동을 처음 시작했을 때부터, 지금까지의 변화.

이게 허위 광고가 아닌 게, 세달백일은 PPL이 들어와서 해당 제품을 먹기 시작한 게 아니었다.

운동을 처음 시작했을 때부터 제품을 먹고 있었는데, 우연히 알게 된 회사가 광고를 준 것이었다.

음료를 섭취하는 장면 자체는 이번에 찍은 것이지만, 실제로 세달백일의 근육량 증가는 해당 제품과 함께한 것이었다.

자막으로도 이와 같은 내용이 들어갔다.

-방구석에서 뱃살 만지며 대존잘들이 운동하고 있는 걸 보고 있네ㅅㅂ 자괴감

-우리처럼 되고 싶다고? 너도 할 수 있어! 마셔 봐! XI 단백질 부스터!

-꺼져ㅋㅋㅋㅋㅋㅋㅋ

-지방을 꺼지게 하고 싶다고? 너도 할 수 있어! XI 단백질 부스터!

컬러 쇼의 이슈 때문이겠지만, 세달백일의 자컨은 일반 대중들의 시청 비중이 굉장히 높았다.

그래서 실시간 스트리밍에 달린 댓글에도 팬덤과 일반 대중들의 반응이 꽤 불분명하게 섞여서 흘러나오고 있었다.

광고가 필요한 업체들이 여기에 주목하기 시작한 건 당연한 일이었다.

그 뒤로 공홈을 통해 받은 질문의 Q&A 시간을 가졌고, 마침내 컬러 쇼 이야기가 나왔다.

시작은 크리스 에드워드의 전화를 받은 한시온이었다.

-와 커밍업 넥스트에서 나온 에드워드 태도가 찐이었나 본데.

-아직도 연락하고 있었어??

-ㅜㅜㅜㅜㅜㅜㅜ갓시온은 진짜 천재야ㅜㅜㅜㅜㅜㅜ ㅜㅜ

장면적으로는 연출이 들어갔다.

에디가 컬러 쇼 관계자들이 세달백일에게 약간의 관심을 보이니, 포트폴리오를 만들어 보라고 조언을 해 준 식으로.

그러자 한시온은 곡을 뚝딱 만들었고, 세달백일은 다짜

고짜 연습을 시작했다.

 보고 있는 이들이 당황할 정도로 거침이 없었다.

 이건 '한번 해 보고, 안 되면 말고'의 태도가 아니다.

 이게 세달백일에게 주어진 마지막 기회라도 되는 것처럼 이를 악물고 달려든다.

 결정된 게 아무 것도 없는데 머뭇거리지 않는다.

 독기와 절실함이 느껴졌다.

 채팅창의 반응은 느려졌지만, 그게 나쁜 의미는 아니었다.

 무언가에 강하게 몰입하는 모습은 그 자체로 매력이 있으니까.

 넋을 놓고 바라보는 것이었다.

─우와… 진짜 열심히 한다.
─솔직히 우리야 결과를 알지만, 이 시점에서는 아무 것도 결정된 게 없는 거잖아.
─독기 봐.

채팅창이 느려진 탓에 악플들이 잘 보이긴 했다.

─ㅋㅋㅋㅋㅋ스케줄 아무 것도 없으니까 이거라도 해야지~

-불러 주는 곳이 없으니 시간이 남아서 그런 거 아니냐고ㅋㅋㅋ

하지만 누구도 선동당하지 않았다.
절대 그런 수준의 노력으로 보이지 않았으니까.

-악플 다는 거 말고 뭐 하나 열심히 해 본 적이 있어?

그렇기에 세달백일이 컬러 쇼에 픽스가 되는 순간, 지켜보고 있는 이들도 대리만족의 쾌감을 느끼는 것이었다.
열심히 하면 이루어진다는 말은 현대 사회에서 대부분 공허하지만, 또 믿고 싶은 말이니까.

-ㅊㅋㅊㅋㅊㅋ
-컬러 쇼는 언제 공개되지?
-일정마다 다름ㅋㅋㅋ 티저도 안 나오는 경우가 더 많음.
-빨리 나오면 좋겠네ㅋㅋㅋ
-제대로 나온 건 아니지만 노래도 괜찮은 거 같은데.

그렇게 자컨의 선공개 스트리밍이 끝나고, 기사가 굉장

히 많이 쏟아졌다.

　기자들은 컬러 쇼가 빌보드나 그래미처럼 권위 있는 콘텐츠인 것처럼 기사를 썼고, 세달백일이 대한민국의 음악적 국격을 높인 것처럼 묘사했다.

　컬러 쇼가 그 정도까지의 콘텐츠는 아니었지만, 상관없었다.

　국위선양과 국뽕은 언제나 잘 팔리는 콘텐츠니까.

　심지어 몇몇 기자들은 세달백일의 단독 인터뷰를 얻기 위해서 눈에 불을 켜고 움직이기 시작했다.

　하지만 소용없는 행위였다.

　세달백일은 현재 미국에 있었으니까.

* * *

　컬러스 미디어의 치프 매니저인 파울은 촬영 현장을 찾는 법이 거의 없었다.

　뮤지션을 선정하고, 콘셉트를 정하고, 스케줄을 조율하는 게 에디터 팀의 몫이라면, 촬영을 하는 건 미디어 팀의 몫이라고 생각했으니까.

　하지만 그는 세달백일의 촬영 현장을 방문했다.

　궁금했기 때문이었다.

　동양에서 온 다섯 명의 소년들이 어떤 현장감을 보여

줄지.

혹은 그들의 실력이 연출이나 조작된 것이 아닐지.

하지만 아니었다.

"Thank you for today."

투 테이크 만에 촬영을 끝내고 스태프 한 명 한 명에게 인사를 건네는 저 친구들은 진짜였다.

머지않아 큰물에서 놀게 될.

특히 이 곡을 만든 친구가 굉장하다.

처음 노래를 듣고는 공동 작곡이거나, 샘플링에 의존했을 수도 있다고 생각했는데, 아니었다.

100% 시퀀싱이며 작사, 작곡, 편곡을 모두 혼자서 해냈다.

고작 열아홉 살이.

정말이지 믿기지 않는 일이었다.

차라리 한순간에 강한 영감을 받아서 화끈한 멜로디를 써 냈다면 이해하겠는데, 이건 그런 것도 아니지 않은가?

여러 가지 장르를 믹스하고 정교하게 계산해서 만든 곡이다.

'천재겠지.'

파울은 그런 생각을 하며 앞장서서 스태프들에게 인사를 하고 있는 한시온에게 다가갔다.

"잘 들었어요. 치프 매니저 파울입니다."

"기회를 주셔서 감사합니다. 세달백일의 한시온입니다. 편하게 자이온이라고 부르셔도 됩니다."

"자이온? 세례명인가요?"

"그런 건 아닙니다만, 의미가 전혀 없진 않겠죠."

한시온의 이름은 기독교에서 중요한 의미를 갖는 ZION과 아무 관련이 없었다.

하지만 그는 기독교 문화 중심인 서구권에서는 입을 닫고 있는 게 유리하다는 걸 알고 있었다.

파울은 그 뒤로 한시온과 이런저런 이야기를 나누었다.

그리고는 꽤 놀랐다.

한시온이 단지 영어만 훌륭한 게 아니라, 서구 문화권에 대해 완벽히 이해하고 있었기 때문이다.

심지어 컬러 쇼에 대해 밝힌 견해와 비전도 마음에 들었다.

그래서 가볍게 인사만 나누려던 대화가 상당히 길어졌다.

"그래서 다음 목표는 뭡니까? 미국에서 활동 계획이 있어요?"

"아뇨. 딱히 없습니다. 아마 다음 미국 활동은 A Colors Encore의 촬영이 되지 않을까요?"

한시온의 말에 파울이 웃음을 터트렸다.

A Colors Encore.

앙코르라는 단어 그대로, 컬러 쇼에 출연한 이들의 또 다른 곡을 소개하는 콘텐츠였다.

컬러 쇼의 뒷면이라는 의미를 가졌기 때문에 빛이 아닌 그림자를 이용한 영상 연출이 포인트다.

하지만 컬러 쇼 앙코르에 아무나 출연할 수 있는 건 아니었다.

일단 컬러 쇼의 영상이 흥행을 해야 한다.

구체적인 조회 수 기준이 있는 건 아니지만, 최소한 평균값은 넘어야 한다.

뿐만 아니라, 추가적인 활동으로 이슈를 만들어 낼 수 있다는 느낌도 들어야 한다.

컬러 쇼가 뮤지션을 소개하는 콘텐츠라면, 컬러스 앙코르는 활동을 소개하는 느낌이다.

세달백일의 재능은 확실하지만, 앙코르의 느낌엔 어울리지 않는다.

하지만 한시온은 자신만만했다.

"EP가 나오면 아마 컬러스 미디어에서 먼저 저희를 찾게 될 겁니다."

"그래요?"

"그러니까 저희 활동을 계속 지켜봐 주세요. 다른 곳에서 먼저 낚아채기 전에."

동양인은 이런 식으로 말을 하지 않는 걸로 아는데, 재밌다.

파울은 마지막으로 한시온의 개인 취향을 물었다.

"컬러 쇼에 출연하길 원하는 뮤지션 있어요? 재미로."

"빌리 아일리시요."

"아, 그 천재 소녀? 얼마 전에 인터스코프가 낚아챘던가?"

"네. 후회하지 않을걸요?"

한시온이 알기로 컬러 쇼에서 가장 높은 조회 수를 기록한 가수가 빌리 아일리시였다.

* * *

LA에 방문한 김에 멤버들과 함께 놀이공원인 식스 플래그 매직 마운틴에 방문했다.

멤버들은 디즈니랜드에 가고 싶어 했지만, 글쎄.

개인적으로는 디즈니랜드에 갈 거면 유니버설 할리우드나 식스 플래그가 낫다고 생각한다.

아주 하드코어한 놀이 기구들이 즐비한 곳이니까.

개인적으로는 이이온, 최재성이 놀이기구를 잘 타고, 구태환, 온새미로가 못 탈 줄 알았다.

하지만 의외로 정반대였다.

온새미로와 구태환은 놀이기구를 굉장히 잘 탔다.

특히 온새미로의 강심장이 눈부셨다.

"……?"

눈 하나 깜빡하지 않고 골리앗(Goliath : 식스 플래그의 대표격인 롤러코스터)을 타는 걸 보고 당황했다.

골리앗을 많이 경험해 본 나조차도 덜컥 놀랄 수밖에 없는데.

혹시 눈 뜬 채로 기절했나 싶었는데, 그것도 아니었다.

"어떻게 그렇게 멀쩡해?"

"인생의 롤러코스터에 비하면 이것쯤이야……."

뭐라는 거지.

구태환은 온새미로 정도는 아니었지만, 침착했다.

"넌?"

"눈치를 잘 살피면 다음 코스가 어떤 식일지 예상할 수 있어."

애는 또 뭐라는 거지.

골리앗의 최고 속도는 150km에 육박하고, 중력 가속도는 4G였나 5G인 걸로 안다.

이건 눈을 뜨고 있다고 다음 코스를 예상할 수 있는 게 아니다.

그게 정말 가능하다면 세달백일은 F1 레이싱계의 인재

를 빼앗은 거다.

생각해 보니 이와 비슷한 생각을 했던 적이 있었던 것 같기도 하고?

"아."

최재성의 말도 안 되게 긴 호흡을 보고 수영계의 인재를 빼앗았다고 생각한 적이 있었다.

그럼 이이온은 아동교육계의 인재고, 구태환은 요리계의 인재인가.

구태환은 요리를 잘한다.

온갖 미식을 경험해 본 내가 요리를 잘한다고 칭찬하는 거면, 정말 잘하는 거다.

버섯이 메인으로 들어가는 요리 말고는 할 줄 아는 요리의 가짓수가 적다는 단점만 제외하면 완벽하다.

난 그런 생각을 하면서 놀이공원을 경험했다.

솔직히 예전에는 LA에 오는 걸 괴로워했고, 추억이 남아있는 명소에 오는 걸 괴로워했었다.

LA는 한인이 많고, 동양계에 대한 편견이 적은 지역 중 하나다.

그래서 회귀 초창기에는 늘 미국 활동의 시작점으로 삼았고, 특별한 계획이 없으면 LA로 왔다.

당장 GOTM만 해도 첫 활동을 LA에서 시작했으니까.

그렇다면 내가 여기서 얼마나 많은 사람들을 만났고,

얼마나 많은 시간들을 보냈겠는가.

헤아릴 수 없다.

아니, 형용할 수 없다는 표현이 더 어울린다.

그러니 멘탈이 안 좋을 때는 기억이 혼재되기도 했다.

GOTM과 함께 인디 밴드 공연장으로 가야하는데, 나도 모르게 차를 몰아서 힙합 클럽으로 향했던 적이 있다.

친하게 지냈던 클럽 가드에게 익숙한 인사를 건넸는데, 가드가 날 쫓아내더라.

약에 취한 미친놈인 줄 알고.

그때 날 보는 GOTM 멤버들의 얼굴에는 당황스러움이 가득했었다.

더 심한 걸 말해 주면, 에이전시를 헷갈렸던 적도 있다.

LA BLUE와 계약을 한 생이었는데, 킹콩 뮤직 이메일로 녹음 파일을 보냈다.

그리곤 너무나 자연스럽게 킹콩 뮤직에게 발매 일정을 잡아 달라고 했다.

LA BLUE 입장에서는 얼마나 어이가 없었겠는가.

내가 다른 회사와 뒷구멍으로 다른 계약을 체결했다고 오해하기도 했고.

덕분에 LA BLUE의 매니저가 상당히 귀찮게 굴었는데, 어느 날 눈을 뜨고 일어나니 사거리였다.

그래서 난 이런 곳에 방문하는 게 싫었다.

어차피 사라져 버릴 추억을 나 혼자 간직하게 되니까.

그래도 뭐, 괜찮겠지.

LA까지 와서 그대로 돌아가는 것보다는.

"한시온. 안 가?"

"나 한 번 쉴게. 다녀와."

"형, 겁먹었어요?"

어깨를 으쓱하며 최재성의 도발을 흘려 버렸다.

그리곤 벤치에 앉아서 생각을 정리했다.

우리가 공개한 컬러스의 티저는 컬러스 미디어가 찍은 게 아니었다.

세달백일이 찍은 걸 컬러스 미디어가 편집해서 준 거다.

출연 계약 조건을 조율할 때 모든 걸 단숨에 OK를 했지만, 딱 한 가지 조건을 넣었다.

티저를 최대한 빨리 만들어 주고, 그걸 우리가 원하는 날짜에 공개하는.

컬러스 미디어는 고개를 갸웃했지만, 어려운 일이 아니었기에 오케이를 해 줬다.

즉, 나는 테이크씬을 저격해서 티저를 올린 게 맞다.

이쯤 되면 최대호의 심장이 벌렁거릴 거다.

내가 또 무슨 짓을 꾸미고 있을지 걱정할 거고.

하지만 지금 당장 내 머릿속을 채운 건 최대호나 라이언 엔터가 아니었다.

이제 그쪽은 시시하다.

내가 궁금한 것은 내 음악이 얼마나 변했냐였다.

얀코스 그린우드에게서 태어나 처음 들어 보는 음악이 날아왔다.

바로 어제 에릭 스캇이 곡을 보내 줬는데, 이 역시도 태어나서 처음 들어 보는 거다.

두 명이나 새로운 곡을 보냈다는 건, 내가 보낸 곡의 소스가 달라졌다는 걸 의미한다.

역시 거장들이긴 하다.

늘 보내던 곡 소스를 그대로 보낸 건데, 내 심리 상태의 변화로 인한 미묘한 변화를 캐치한 거니까.

솔직히 말하자면 조금 두렵다.

회귀가 이점을 얻기 위해서는 정확한 방정식을 알아야 한다.

X를 투입하면 Y가 나온다는 공식을 믿어야 한다.

그렇지 않으면 모든 것들이 미지수에 휩싸이기 마련이다.

그렇게 미지수가 많아지면 자기 객관화에 실패하고, 조현병의 초기 증상이 찾아오기도 한다.

하지만 그렇다고 보기에는 내 멘탈이 너무 멀쩡하다.

그렇다면 이 변화는 긍정적인 것일까?

내 음악이 더 좋은 방향으로 나아가고 있는 것일까?

그걸 알아야겠다.

그러기 위해서…….

마음속으로 결론을 내렸을 때쯤, 놀이기구를 즐기고 온 멤버들이 모여들었다.

"뭐 해?"

"잠깐, 여기 모여 봐. 이온 형도요."

"왜?"

"제가 뉴저지에서 5일 정도 소화할 일정이 있거든요? 여러분이 한국에 가서 할 일이 있어서요."

"뭔데?"

"정확히 말하면 최재성이랑 온새미로가 할 일이 커요. 나머지는 서포팅."

"응?"

이번 계획으로 우리에게 잠군 한국 방송의 문을 열어젖힐 거다.

계획을 하고 있던 일이지만, 멤버들에게 말을 해 주진 않았다.

왜 안 했는지는 모르겠다.

컬러 쇼에 집중하기 위해서라는 말은 거짓말이다.

이제 멤버들은 어지간한 일로는 집중력이 깨지지 않으니까.

그냥 오랜 시간 혼자 고민하고, 혼자 계획을 세워 온 독불장군 회귀자의 습관 같은 거일 거다.

알고 있지만 고치는 게 쉽지 않다.
"우선 온새미로."
"응."
온새미로가 해 줄 일을 입에 담았다.
간단하다.
얼굴을 가리고 나가는 경연 프로그램인 〈더 마스크드 싱어〉에 출연을 해서 우승하면 된다.
최소한 2주 정도.
하지만 멤버들은 우승이 가능한지보다 출연이 가능한지가 의아한 모양이었다.
"그게 돼요……?"
"우리 방송 출연 못하는 거 아니야?"
"얼굴을 가린다고 해도 패배하면 까는 거잖아. 피디가 안 받아 줄 거 같은데."
그렇긴 하지만 섭외가 불가능하지도 않을 것 같다.
"오늘 성사시켜 볼 거예요."
"미국에서? 한국 방송 섭외를?"
"혹시 섭외 안 되면 계획 취소하면 되니까, 너무 어렵게 생각하지 마요."
어차피 이건 애피타이저다.
먹으면 좋지만, 못 먹어도 상관없는.
내가 진짜 준비하는 건 다른 쪽이다.

"최재성."
"네?"
"너도 방송에 나가야 해."
"어디요?"
 내가 한 프로그램을 입에 담자 멤버들의 눈동자가 요동친다.
"뭐?"
 반응이 격렬했다.

＊　＊　＊

"허, 참."
 커밍업 넥스트의 연출자였다가, 지금은 휴식을 취하고 있는 강석우가 너털웃음을 터트렸다.
 진짜 과감하다.
 너무 과감해서 뭐라고 해야 할지 모르겠다.
 한시온의 이야기였다.
 바로 어제, 강석우는 한시온에게 한 통의 메시지와 한 통의 메일을 받았다.
 메시지의 내용은 간단했다.

 [부탁 하나만 들어주시겠습니까? 이번 기회에 빚 청산

하시죠.]

 일전에 한시온과 나눴던 대화.

 "근데 시온 씨, 그거 알죠? 마음의 빚은 무시하기 찝찝한 수준의 상대에게만 작용하는 거."

 이제 우리가 찝찝한 수준으로 올라오지 않았냐는 물음이었다.

 [그 빚은 지난번에 까지 않았나요?]
 [그러면 새로운 빚을 달아 두셔도 좋죠.]

 한시온의 화법은 참 노련하다.
 그리고 신기하다.
 강압적인 느낌은 전혀 들지 않지만, 다음 말을 듣지 않고는 못 배기게 만든다.
 자신감 때문일까, 아니면 흥미로움 때문일까.
 결국 강석우는 물어볼 수밖에 없었다.

 [뭘 원하는데요?]

한시온의 답장은 곧장 날아왔다.

[강석우 피디님에게 섭외에 대한 도움을 좀 받고 싶습니다.]

사실 강석우는 이미 한시온이 무슨 말을 할지 알고 있었다.
문자와 함께 날아온 메일에 첨부된 파일의 앞부분을 읽었으니까.
아니, 정확히 표현하자면 앞부분만 읽었다.
읽다 보니 너무 민감한 내용이라서 차라리 모르는 게 나을 것 같다는 생각이 든 것이었다.
때로 연예계에서 호기심은 독이 될 때가 있다.
하지만 앞부분만 읽어도 알 수 있었는데, 한시온은 온새미로가 MBN의 〈더 마스크드 싱어〉에 섭외되길 원하고 있었다.
그러니 한시온의 방식대로 MBN의 피디에게 적절한 딜을 걸 것이다.
실현 가능성은 제쳐 두고, 실현만 된다면 꽤 그럴듯한.
여기까지는 충분히 예측이 되는 그림이다.
한시온은 강석우를 파악했지만, 반대로 강석우도 한시온을 파악했다.

한시온은 주고받는 게 아주 정확한 타입이다.

예측이 되지 않는 부분은 이다음이었다.

그렇다면 한시온은 자신에게 어떤 베네핏을 제시할까?

강석우는 MBN의 시청률 제조기라고 불리던 시절이 있었지만, 이제는 엠쇼 소속의 피디다.

그러니 MBN의 프로그램이 잘돼 봤자, 떨어지는 콩고물이라고는 입 발린 감사의 인사밖에 없다.

게다가 마스크드 싱어는 이미 순항 중인 프로그램이 아니던가?

최근 시청률이 소폭 하락하긴 했어도 위기 상황 같은 건 절대 아니다.

그러니 시청률의 구원자 같은 포지션도 불가능하다.

아무리 생각해 봐도 한시온이 자신에게 줄 것이 없다.

돈?

이건 말도 안 된다.

자신이 그런 걸 연예인한테 받을 아마추어도 아니고.

그럼 프로그램 출연?

이것도 이상하다.

세달백일이 정말 스타가 된다면 모르겠지만, 현재로서는 출연을 더 간절하게 바라는 쪽은 세달백일이다.

거래 대상이 아니다.

한 번쯤 한시온과의 두뇌 싸움에서 이겨 보고 싶었던

강석우였지만, 결국 답을 찾진 못했다.

그래서 질문을 던졌다.

[그래서 내가 얻는 건 뭐죠?]
[새로운 빛 정도로는 부족하실까요?]
[어림도 없죠.]

엠쇼 내부에서는 최근 한시온에 대한 이미지가 별로 좋지 않았다.

유야무야 넘어가긴 했지만, 커밍업 넥스트의 조작 논란이 꽤 달갑지 않았던 것이었다.

물론 메인 연출자인 강석우는 이 논란에서 쉽게 빠져나왔다.

한시온이 예측한 그대로.

"조작과 관련된 자료가 공개됐을 때, 피디님한테 무죄의 증거가 생깁니다."

"심사위원들이 현장에서 마음대로 심사하는 걸 연출자가 어쩌겠는가."

"난 세달백일이 더 잘하는 것 같아서 연출을 몰아준 사람이다. 어떻습니까?"

커밍업 넥스트 8, 9화의 주인공이 누가 봐도 세달백일이었다는 지점 덕분에.

강석우는 어쩌면 이 논란을 한시온이 일으켰을 수도 있다고 생각하고 있었다.

현실적으로는 말이 안 되긴 한다.

한시온이 대체 어떻게 라이언 엔터 내부의 자료를 입수한단 말인가?

그러나 정황이 그렇다.

하지만 이런 놀라움과는 별개로 엠쇼는 세달백일을 꽤 오랫동안 출연시키지 않을 거다.

마음의 빚이 발동하려면 너무 오랜 시간이 걸린다는 것이다.

하지만 한시온은 집요했다.

[그 마음의 빚을 어떻게 써먹는지는 피디님에게 달린 게 아닐까요?]

[글쎄요. 썩 매력적이진 않네요.]

그 뒤로도 한시온이 비슷한 말을 반복하자, 강석우는 살짝 실망을 했다.

하지만 이내 당연하다는 생각도 들었다.

한시온이 뭐라고 언제나 기발한 해결책을 가지고 있겠

는가.

 연예계에서 인맥에 기대는 게 나쁜 해결책은 아니다.
 오히려 정석적인 방법이지.
 그때 문자가 날아왔다.

[강 피디님. 혹시 메일 내용 안 보셨습니까?]
[앞부분만 봤습니다. 민감한 이야기일 것 같아서.]
[끝까지 읽어 주실 수 있습니까?]

 강석우는 고개를 갸웃거리며 메일을 읽었다.
 그리곤 자신이 놓치고 있는 게 뭔지를 깨달았다.
 한시온이 첨부한 파일은 마스크드 싱어의 PD만 설득하기 위해 쓰여진 게 아니었다.
 자신과 PD를 둘 다 설득하려는 거다.

"나도 그런 거 있었거든. 틀린 걸 알았지만, 선택한 일."
"뭔가요?"
"엠쇼 이적."

 그때 자신이 했던 말을 기억하면서.
 한시온은 자신에게 세달백일을 통해서 MBN으로 금의환향하라는 이야기를 하고 있었다.

정확히 말하자면 프리랜서 피디가 어울리겠다.

개인 능력으로 엠쇼에서도 일을 하고, MBN에서도 일을 하는.

혹은 다른 방송국이더라도.

'미쳤군.'

너무 허황된 소리다.

하지만…….

한시온의 계획이 실현된다면 불가능한 것도 아니다.

'어떻게 이런 생각을 했지?'

물론 이게 실현되려면 한 가지 전제가 필요하긴 하다.

조만간 발매될 세달백일의 EP 앨범이 좋아야 한다.

그것도 엄청나게.

결국 강석우는 고개를 끄덕였다.

[그 빚, 큼지막하게 달아 놓는 겁니다. 몇 번 베어 물어도 되게.]

[물론입니다.]

이게 어제 있었던 대화였다.

그리고 오늘, 강석우는 후배이자, 더 마스크드 싱어의 피디에게 전화를 받았다.

-선배님. 이걸 믿어요?

"어, 믿어."

-아니, 얘네가 잘하는 건 나도 알지. 우리도 섭외해 볼까 말까 몇 번을 고민했는데. 그래도 이건 너무 허황된 소리 아닙니까?

강석우는 잠깐 고민하다가 지금까지 자신과 한시온이 했던 거래를 이야기해 주기로 결심했다.

아마 한시온은 여기까지 예상하고 자신에게 섭외를 부탁했을 것이다.

그게 아니라면 마스크드 싱어 피디의 메일 주소를 수배해서 파일을 보냈겠지.

"지금부터 내가 하는 이야기 잘 들어 봐."

그렇게 강석우의 이야기가 끝나자, 수화기 너머에서는 긴 침묵이 흘렀다.

-그걸 믿으라고요?

"믿기 싫으면 경험해 봐."

-그 말이 그 말이잖아요!

하지만 결국 강석우는 후배 피디 놈이 이 제안을 수락할 걸 알고 있었다.

사람들은 연출자들이 자신의 입맛에 맞춰 움직이는 꼭두각시를 좋아한다고 생각한다.

하지만 이건 착각이다.

연출자들이 진짜 좋아하는 건, 자신이 기대했던 것 이

상의 장면을 뽑아 주는 이들이다.

그 생생함과 살아 있음에 매료되는 게 연출자라는 놈들이니까.

'그래서 내가 한시온을 마음에 들어 했군.'

의외의 자아성찰을 하고 있을 때쯤, 수화기 너머에서 한숨이 푹 들렸다.

-좋아. 그럼 대신 약속 하나 더 받아 줘요.

"뭔데?"

-우리가 원하는 타이밍에 한시온 그 친구도 한 번 나오라고 해요. 나 온새미로는 잘 몰라!

"그러지, 뭐."

-그리고 온새미로 우승 못하면 손해 배상도 청구할 거라고도 말해 두고!

"손해 배상은 무슨."

-진짜로!

말도 안 되는 소리에 피식 웃었지만, 일단 알겠다고 했다.

그렇게 전화를 끊은 강석우는 가슴이 두근거리는 자신을 발견했다.

이유는 뻔하다.

그는 연출자였으니까.

TV를 통해 연출되는 건 아니겠지만, 어쨌든 지금부터

벌어질 상황은 그들이 연출한 게 아니겠는가.

아니, 생각해 보면 TV 프로그램보다 훨씬 스케일이 크다.

현실에서 벌어지는 일이니까.

'트루먼 쇼의 제작자라도 된 기분이군.'

강석우 피디는 그런 생각을 하며 한시온에게 메시지를 보냈다.

[출연 확정.]

* * *

미국에 볼일이 남은 한시온을 제외한 세달백일 멤버들은 한국으로 귀국했다.

LA 일정은 꽤 즐거웠다.

첫날에는 컨디션 조절차 호텔에서 휴식만 취했지만, 컬러 쇼 촬영 이후 이틀간 현지 관광을 할 수 있었으니까.

좀 신기했던 건, 한시온이 LA에 대해서 굉장히 디테일하게 알고 있다는 것이었다.

그가 말하기로는 부모님과 가끔 여행을 온 곳이랬는데, 여행객의 바이브가 아니다.

몇 년 살았다고 해도 믿을 만한 수준이었다.

좀 신기하다.

한시온이 여행지를 상세히 검색하거나, 후기를 찾아볼 성격은 아닌데.

어쨌든 중요한 건 그들의 LA행이 목적을 달성했으며, 즐거웠다는 것이었다.

이런 상황이니 세달백일 멤버들이 여행 경험을 공유하며 조잘조잘 떠들 법도 했다.

하지만 그들은 침묵을 유지하고 있었다.

피곤해서가 아니라, 한시온이 준 미션에 대한 고민 때문이었다.

가장 먼저 입을 연 것은 온새미로였다.

"제가 잘할 수 있을까요?"

더 마스크드 싱어는 회차별로 출연진들 수준의 차이가 꽤 크다.

널널한 회차라면 가면왕에 오를 수 있는 실력자가 1라운드에서 탈락하는 경우도 있다.

그러니 미리 걱정해 봤자 아무 의미가 없는 것이지만, 걱정이 되지 않을 수가 없었다.

"내 생각에는……."

가장 먼저 입을 연 것은 구태환이었다.

눈치가 너무 빨라서 오히려 말수가 적은 편인 구태환은, 세달백일 멤버들이 공통적으로 가지고 있는 한 가지 착각을 알고 있었다.

사실 자신도 얼마 전까지 착각을 하고 있긴 했다.

컬러 쇼를 준비하면서 그 착각을 해소했고.

그걸 멤버들에게 공유해 줄 시간이다.

"아마, 우리는 아주 잘할 거야."

"응?"

"무슨 말이야, 태환아?"

이이온의 물음에 구태환이 고개를 끄덕였다.

이이온의 얼굴을 보고 있으니 적절한 비유가 떠올랐다.

"블루 선배님이 어떻게 생기셨어요?"

"갑자기?"

"네."

"잘생기셨지. 아이돌로 활동하실 때보다 지금이 더 멋있는 것 같고."

"근데 이온 형. 형이 커밍업 넥스트에서 블루 선배님 굴욕 짤 만들어 냈잖아요?"

다들 알고 있는 이야기였다.

커밍업 넥스트 장면 중, 이이온과 블루가 한 컷에 잡힌 적이 있었다.

리허설 중이었는데, 이이온이 무대 장치 중 위험 요소를 발견해 가까운 블루에게 전달했다.

그게 카메라에 제대로 잡혔는데, 두 사람의 외모 갭이 너무 커서 인터넷에 '블루 오징어 짤'로 돌아다니기 시작한 것이었다.

블루 입장에서는 좀 억울한 부분이 있었다.

그는 심각한 표정으로 인중을 긁는 중이었으니까.

평소의 블루 외모보다 훨씬 못생기게 나온 장면과 늘 그렇듯 잘생긴 이이온이 한 컷에 잡히면서 생긴 참사였다.

구태환의 말에 이이온이 어깨를 으쓱했다.

"그때 블루 선배님이 좀 얼굴을 이상하게 쓰셨던데."

"하지만 그래도 형 옆에 있어서 그런 거잖아요."

"그치."

"우리가 그래요. 시온이 옆에 있다 보니 오징어가 됐을 뿐이에요."

구태환이 깨달은 착각은 이것이었다.

어머니에게 전화가 와서 연습실 밖으로 나와서 전화를 받았다.

전화를 끊고 다시 연습실로 돌아가다가 문틈으로 흘러나오는 멤버들의 노래를 들었는데…….

말도 안 되게 아름다웠다.

심지어 한시온은 보컬 라인에 참여하지 않고 화음만 넣고 있었는데.

그렇게 멍하니 서서 세달백일의 노래를 듣다가 진실을

깨닫게 된 것이었다.

한시온 때문에 비교 지표가 망가져서 늘 답답함만 느꼈는데, 세달백일이 얼마나 잘하는지에 대해서.

"우리는 아주 잘해요. 그러니 새미로는 마스크드 싱어에서 우승할 거예요."

이윽고 구태환이 최재성을 쳐다봤다.

"그리고 재성이도 실력으로는 우승할 거야. 시온이 말처럼 톱 텐까지만 붙여 줄 확률이 높지만."

"그럴까요?"

"내 생각에는 그래."

구태환의 말에 최재성이 자신의 스마트폰 화면을 쳐다봤다.

거기에는 대국민 오디션의 참가자 모집 요강이 상세하게 나와 있었다.

그랬다.

한시온이 최재성에게 출연하라고 했던 프로그램은······.

⟨Stage Number 0⟩.

본인이 2회차에 출연해서 준우승을 차지했었던, 대국민 오디션 프로그램 ⟨스테이지 넘버 제로⟩였다.

* * *

퀭한 눈, 푸석푸석한 피부, 언제 감았는지 모를 머리.

프린트된 종이가 널려 있는 테이블 사이사이 숨겨진 초콜릿 바와 누가 툭 치면 와르르 쏟아질 것만 같은 빈 커피 캔.

제작 단계에 있는 예능 프로그램 회의실의 당연한 풍경이었다.

너무 당연해서 아무도 이상함을 느끼지 못할 정도로.

하지만 단 하나의 예외는 있었다.

보통은 사람들이 이곳저곳에 널브러져서 이게 좀비인지 시체인지를 몰라야 하는데…….

생기가 있다.

게다가 열정적으로 토론을 하고 있다.

"아, 뭔 소리예요. 시청률 보장이 되잖아요!"

"케이블 프로그램 출연자 하나 가지고…….'"

"장난쳐요, 감독님? 애가 편성 광고에 얼굴만 비춰 봐요. 1화 시청률 터질걸요?"

"……그런가?"

"당연하죠! 커밍업 넥스트 마지막 회 시청률이 11%라고요! 십! 일!"

SBN 방송국의 스테이지 넘버 제로 팀이 언성을 높이

는 이유는 하나였다.

오늘 아침에 상상도 못한 매물, 아니 지원자가 그들의 문을 노크한 것이었다.

커밍업 넥스트가 만들어 낸 최고의 아웃풋이자, 컬러 쇼로 국위선양까지 했다고 거론되는 세달백일.

그 멤버인 최재성.

메인 작가는 두말할 것 없이 최재성을 잡아야 한다고 했고, 메인 피디는 엉덩이를 뭉개고 있었다.

이와 같은 태도의 차이가 난 이유는 간단했다.

작가는 프리랜서고, 피디는 정규직이다.

시청률에 목을 매는 건 똑같지만, 당장 다음 재계약 때 급여가 올라가느냐 마느냐의 절박함은 다르다.

막말로 최대호가 세달백일을 가져다 쓴 프로그램의 피디를 보이콧하지, 작가를 보이콧하겠는가?

그때 보다 못한 세컨 작가가 끼어들었다.

"아니, 일단 저희 흥분을 가라앉혀요. 다들 카페인 하이에다가 슈가 하이여서 머리가 안 굴러가는 거예요."

"섭외를 하지 말자고?"

"아뇨. 그게 아니라, 일단 가능한지부터 알아봐야죠. 저희 회사 있는 사람들 섭외 안 하잖아요?"

스테이지 넘버 제로의 모집 요강은 1세부터 99세까지지만, 소속된 회사가 있으면 탈락이다.

정확히 말하자면, 소속사가 있으면 정당한 협찬비를 내고 홍보를 해야 한다.

출연 당시에는 무소속인 것처럼 방송하고, 방송이 끝나고 회사에 들어간 것처럼 꾸미면 되니까.

"얘네 독립한 거잖아?"

"그래도 세달백일이란 팀 자체에 계약서로 묶여 있지 않겠어요?"

"어, 그런가?"

"전화를 한번 해 볼게요. 그것부터 확인하는 게 우선이죠."

세컨 작가가 그렇게 말을 하고, 다짜고짜 최재성에게 전화를 걸었다.

이에 대한 답변은 아주 심플했다.

라이언을 두들겨 패고, 대한미국의 연예 기사란을 가득 채운 세달백일의 활동이…….

-동아리 활동인데요? 크루라고 좀 있어 보이게 말해도 되나요?

동아리 활동으로 격하된 것이었다.

"아니, 그럼 계약서 쓴 거 없어요?"

-네. 없어요.

"수익 배분은 어떻게 해요? 공연하면 페이 받을 거 아니야."

-아, 찬조 공연이요?

"차, 찬조 공연?"

-그거야 N분의 1 해야죠. 크루 공연 단체 수입이니까.

스피커폰의 통화를 듣고 있던 스넘제의 제작진들이 혼란에 빠져들었다.

팀 단위로 움직여야 하는 인디 밴드에는 크루 문화가 약하긴 하다.

하지만 힙합 쪽에는 크루 문화가 강한데, 이는 래퍼들이 결국 솔로 플레이를 하는 이들이기 때문이었다.

이들은 단체로 돈을 모아서 공연장을 빌리고, 공연을 하고는, 수익을 나눠 갖는다.

또한 누군가는 소속사가 있고, 누군가는 없기도 하다.

꼭 래퍼뿐만 아니라, 흑인 음악을 하는 R&B 싱어들도 이런 크루에 소속되기도 하고.

그런 의미에서 본다면 최재성의 말을 이해할 수 없는 게 아니다.

하지만.

'무슨 크루 스케일이 이렇게 크냐고!'

여기서 가치관의 혼동이 온다.

"잠깐, 잠깐. 그러면 만약에 소속사 계약을 하면 세달백일은 어떻게 돼요?"

-어, 활동이 뜸해지겠죠? 근데 어지간하면 어디 회사

랑 계약할 마음은 없는데.

"그럼 왜 나와요?"

-솔로로 증명을 하고 싶어서요.

"이, 일단 알겠어요. 저희가 다시 연락드릴게요."

-편하게 전화 주세요!

그렇게 전화가 끊기고, 잠시 침묵이 흘렀다.

가장 먼저 상황의 본질을 파악한 건 피디였다.

"야, 이 자식들 방송 출연을 우리를 통해서 뚫어 보려는 거 아니야?"

"더 좋네."

"응?"

"그럼 더 좋죠. 절대 사고 안 치고, 말 잘 듣고, 끝까지 수월할 거 아니야. 게다가 최재성 팬들은 일단 시청률 확보잖아?"

다시 원론으로 돌아온 이야기에 피디가 곰곰이 생각에 잠겼다.

솔직히 처음에는 최대호의 보이콧이 두렵긴 했다.

가요계에서 대형 기획사가 강력한 영향력을 발휘하는 건, 결국 보이콧의 문제다.

라이언, 더블엠, LPL.

대한민국 3대 기획사.

여기에 BVB와 NT를 얹어서 5대 기획사라고 부르기도 한다.

 이런 이들은 한정된 가요계 파이를 놓고 경쟁을 하지만, 위급 상황에서는 또 똘똘 뭉치기도 한다.

 그러니 여기 다섯 곳이 자신의 프로그램을 보이콧한다면 끔찍한 일이 벌어질 수 있다.

 하지만 설령 그렇다고 하더라도, 지금 당장 프로그램이 망해 버리면 아무 의미가 없는 두려움이 아닌가?

 막말로 최재성을 출연시키지 않았다고 5개의 기획사가 돈을 모아서 자신의 주머니를 채워 주는 것도 아니고.

 "김 작가."

 "왜요."

 "해 보자. 대신에 세달백일 완전체로 응원 영상 받아야 해. 이왕 이렇게 된 거, 예고편에서 낚시질 시원하게 해 보자."

 "어떻게요?"

 "세달백일이 전부 출연하는 느낌. 어때?"

 갑자기 흑화한 메인 피디가 흐흐 하면서 웃자, 메인 작가는 정수리부터 발끝까지 짜릿한 느낌을 받았다.

 너무 좋다.

 예고편에서 세달백일이 전부 출연해서 '최선을 다하고 싶다'라는 멘트를 치면?

 대한민국이 뒤집어질 거다.

아마 그때쯤이면 컬러 쇼인지 뭔지가 공개된 이후이지 않겠는가?

"감독님."

"왜."

"존나 최고야."

"가 보자. 어차피 오디션 프로그램은 시청률이 전부야."

메인 피디와 메인 작가의 주접을 보고 있던 세컨 작가가 고개를 절레절레 저었다.

저 두 사람이 프로그램을 몇 개나 같이하고 있는 이유가 보였으니까.

하지만 흥미롭긴 하다.

최재성의 말을 들어 보면, 그는 세달백일을 나가고 싶어 하지 않는다.

그걸 제작진들에게 솔직하게 밝힌 이유도 어설프게 다른 기획사를 붙이지 말라는 의미일 거다.

톱 텐부터는 이미 소속사가 있는 참가자들이나 누군가에게 침을 바른 소속사의 협찬 러쉬가 끼어든다.

그러니 최재성은 높이 올라가 봐야 톱 텐일 것이다.

하지만······.

'유혹을 견딜 수 있으려나?'

최재성이 정말 실력으로 톱 텐까지 간다면 무수한 쇼

비즈니스의 유혹이 쏟아질 것이다.

  스무 살도 되지 않은 소년이 견디기 힘들 수준으로.

  세컨 작가는 그게 궁금했다.

* * *

[형 저 섭외됐어요.]

[한국 가서 보자.]

  스마트폰을 덮었다.

  최재성은 잘할 거고, 스넘제는 가만히 놔둬도 잘될 프로그램이다.

  미국으로 건너간 뒤로는 신경을 쓰지 않았지만, 한국에서 활동을 할 때는 항상 잘되는 걸 목격했었으니까.

  우연성 때문에 망했을 때도 10% 이상을 찍고, 최고로 잘 찍었을 때는 17%까지 찍는 걸 봤다.

  참고로 내가 출연했던 2회차에서는 그 이상이었다.

  자세히 기억은 안 나는데 20%를 넘겼던 것 같기도 하고?

  하루도 빠짐없이 사거리의 사고와 우리 부모님에 대한 기사가 쏟아지던 때였으니까.

  그때는 그게 참 싫었었다.

고작 2회차였을 때니까, 감성이 마르고 닳기 전이었다.

하지만 이제는 상관없다.

나를 둘러싼 이슈가 아무리 커도, 난 음악으로 그것보다 더 큰 이슈를 만들어 낼 수 있다.

2억 장을 팔기 위해서는 그래야만 하고.

그래서 뉴저지로 왔다.

회귀자에게 자기 객관화는 매우 중요하다.

보통의 사람은 '나'라는 기준을 가지고 살지만, 나에겐 '나'가 없다.

단 한 번의 회귀만 해도 내가 쌓아 올린 모든 역사는 사라지니까.

그러니 세달백일 멤버들이 좋아졌다 해도, 언젠간 이들과도 이별할 수 있다는 각오도 하고 있다.

그래서 나한테 중요한 건 음악이다.

무수한 회귀 속에서도 차곡차곡 쌓이는 건 음악 실력밖에 없다.

내가 쇼팽 콩쿠르에서 공동 4위를 기록했던 건 아무도 기억하지 못하는 일이지만, 그때 깨달은 것들은 내 음악 안에 녹아 있으니까.

그래서 난 내 음악이 달라졌다는 걸 가만히 넘어갈 수가 없었다.

어떻게 달라졌는지를 알아야 한다.

좋아졌는지, 아니면 나빠졌는지.

부드러워졌는지, 아니면 딱딱해졌는지.

모든 걸 파악해야 한다.

그러기 위해서는 내가 할 수 있는 모든 걸 토해 내고 토해 내야 하는데…….

"Get`it!"

"Hey!"

현시점에서는 뉴저지만 한 곳이 없다.

뉴저지는 뉴욕에 묻혀 가는 심심한 회색빛의 도시지만, 중부의 시사이드 하이츠만큼은 다르다.

리얼리티 프로그램 저지 쇼어의 영향 때문인지, 원래 그런 도시인지는 모르겠지만…….

여긴 좀 미친놈들이 많다.

그리고 음악에 미친놈들도 많다.

온갖 인종이 뒤섞여 있는 심심한 회색빛 도시의 이면.

뉴욕의 아폴로 시어터를 흉내 내는 소극장 무대에서부터 해변을 두고 벌어지는 즉흥 잼까지.

무수한 지하 클럽에서 강렬한 충동을 발현하는 이들이 수두룩하다.

그러니 어디 한번 다 비워 내 볼 생각이었다.

내가 뭐가 변했는지.

그렇게 기타 하나 달랑 매고 음악이 들리는 곳으로 향

했다.

 웬 벤치에 이상한 드럼을 두고 미친 듯이 두드리고 있는 놈 앞에서 기타를 치기 시작했다.

 드러머는 내가 연주에 끼어들자 애매한 표정을 지었지만, 이내 금방 표정이 바뀌었다.

 30초만 들어도 아는 것이다.

 내가 본인보다 잘한다는 걸.

 점점 내 템포에 밀려서 백업 사운드로 전락해 버리자, 머리가 덥수룩한 인도계 미국인이 소리를 지르며 연주를 멈춘다.

 "헤이!"

 "왜."

 "다시 해 봐."

 이번엔 내가 먼저 기타를 쳤다.

 어떤 느낌을 살리면 좋을까 고민하다가 프로그레시브 록의 느낌으로 시작을 했다.

 드러머는 손을 움찔거리면서 어떻게 들어갈까 고민하는 듯했지만, 난 자리를 내어 주지 않았다.

 들어올 수 있으면 들어오고, 못 오면 못 오는 거다.

 세달백일과 함께 음악을 할 때면 늘 자리를 만들어 줬다.

 여기는 누가 들어오고, 여기는 누가 들어오고.

그게 싫다는 게 아니다.

그냥 그래야 했던 게 이번 생이라는 거다.

하지만 지금은 달랐다.

처음엔 드러머를 놀려 줄 생각으로 시작했던 연주지만, 어느새 깊이 몰입했다.

주변이 시끌시끌해서 내가 치는 연주의 소리조차 잘 들리지 않았지만, 상관없다.

손가락이 움직이면 어떤 소리가 나고, 어떻게 치면 어떤 차이를 내는지 난 누구보다 잘 안다.

단언컨대 이 세상에서 나보다 이 악기를 많이 다뤄 본 사람은 없을 거다.

내가 몇 회차를 살아왔는지 기억하지 못하지만, 단 한 회차에서도 기타를 안 쳐 본 적은 없으니까.

어, 아닌가.

EDM을 할 때는 기타를 안 쳤던 것 같기도 하고.

근데 그때는 멘탈이 너무 나가서 회귀를 수시로 반복하던 때라서 잘 기억이 없다.

내친 김에 전자 음악 느낌이나 내볼까?

통기타로 전자음을 낼 수는 없겠지만, 사람들의 귀를 현혹시킬 수는 있다.

그렇게 미친놈처럼 연주했다.

얼추 30분도 넘게 연주를 한 것 같았지만, 드럼 소리는 전혀 들리지 않았다.

내가 연주를 멈춘 건, 손가락 끝에서 피가 나는 걸 발견했을 때였다.

아직 굳은살이 배길 정도로 단련이 되지 않았으니까.

그렇게 기타를 내려놓으니…….

"Bravo!"

악기를 하나씩 꼬나 쥔 각양각색의 인종들이 박수를 보내고 있었다.

숫자도 굉장히 많았다.

"빅 밴드. 재즈, 어때?"

그렇게 말하고는 다시 기타를 잡았다.

손가락이 좀 아프긴 하지만, 판이 깔렸는데 뭐.

그렇게 모든 걸 비워 내며 연주를 시작했다.

* * *

시사이드 하이츠에 도착한 크리스 에드워드는 한시온이 전화를 받지 않아서 살짝 짜증이 나 있었다.

여기 오면 찾을 수 있을 거라고 하던데, 대체 이 넓은 곳을 언제 다 뒤진단 말이던가?

심지어 혼자서 온 것도 아니고, 도널드 맥거스와 함께 왔으니까.

"좀 찾아보죠."

"너무 초조해하지 마. 뮤지션들이 다 그렇지. 일단 맥주나 한잔 마시자고."

그렇게 맥주를 사려고 들른 펍에서 크리스 에드워드는 원하던 이야기를 들을 수 있었다.

지난 4일 동안, 이 해변 도시를 가득 채운 뮤지션들의 입과 입을 통해서 한시온의 이야기가 전해지고 있었다.

동양에서 온 말도 안 되는 천재 뮤지션으로.

심지어 한시온에게 관심이 있어서 매니저를 파견한 에이전시가 열 곳이 넘는다고 했다.

애초에 크리스 에드워드는 펍의 이용객들에게 한시온에 대해 물은 것도 아니었다.

그냥 들려왔다.

단 4일 만에 이 도시에서 가장 유명한 뮤지션이 된 자이온이란 이름이.

'한시온이?'

실력적인 부분만 생각하면 놀라운 일이 아니다.

한시온은 뮤지션들의 마음을 뒤흔들어 입을 벌리게 만들 충분한 능력이 있다.

당장 자신만 해도 한시온의 음악에 반해서 한국까지 날아갔던 사람이 아니던가.

하지만 태도가 의아하다.

크리스 에드워드가 보기에 시온은 자신의 재능을 자랑할 마음이 전혀 없는 사람이었다.

이건 정말 이상한 일이다.

물론 누군가는 천재라고 꼭 자랑을 해야 하는지 물을 수도 있겠지만.

모든 천재는 자신의 음악을 자랑하고, 세상에 보여 주고 싶어서 안달이 나 있다.

특히, 어리면 어릴수록.

이런 관점에서 크리스 에드워드는 세상에 묻혀 있는 천재는 없다고 생각했다.

그런 사람이 있다면 그건 천재가 아니라, 적당히 재능 있는 사람인 거고.

하지만 한시온은 사람들에게 자신의 음악을 들려주고, 우쭐하고 싶은 마음이 없다.

그냥 필요한 만큼만 세상에 내보내고, 필요한 만큼만 반응을 얻어 낸다.

이게 계산이 되는 것도 신기하지만, 그걸 계산을 하는 태도도 이상하다.

어째서 한시온은 100%를 쏟아내지 않는 걸까?

얀코스 그린우드부터 도널드 맥거스까지.

모든 거장들이 인정한 천재임에도 말이다.

그러니 한시온이 이 좁은 해변 도시를 뒤집어 놓았다는

게 선뜻 이해가 가지 않는 것이었다.

그가 알고 있는 한시온이라면 그럴 리가 없으니까.

그때 크리스 에드워드의 옆에서 시원하게 맥주를 들이키던 도널드 맥거스가 입을 열었다.

"자네에게 듣던 것과는 좀 다른걸?"

"저도 당황 중입니다."

"이게 본모습일지도 모르지. 한국은 딱딱한 상하 관계와 경쟁적 분위기 때문에 개성을 표출하기 쉽지 않다던데."

"음."

그렇긴 하지만, 그게 한시온의 느낌은 아니다.

정말 그랬다면 케이팝의 밴더빌트 같은 남자(최대호)와 대립하지도 않았을 거다.

하지만 크리스 에드워드는 도널드 맥거스의 말에 얌전히 고개만 끄덕였다.

어차피 한시온을 만나면 알게 될 일이니까.

"그러면 우리도 가장 소란스러운 곳으로 가 보자고."

"제가 앞장서겠습니다. 이 도시를 조금 압니다."

"그래? 언제 와 봤나?"

"뉴욕에서 DJ를 할 때, 몇 번 왔었습니다."

그렇게 크리스 에드워드는 도널드 맥거스를 이끌고 해변과 가까운 음악가들의 거리를 돌아다니기 시작했다.

한시온이 지하 클럽에 있을 것 같진 않다.

미국 나이로 21살이 되지 않았기 때문에 음주가 허용되는 클럽에 들어갈 수 없을 테니까.

오픈 마이크가 벌어지는 시어터에 있을 수는 있겠지만, 거긴 한정된 장소이니 마지막에 살펴보면 된다.

그래서 해변이었다.

아니나 다를까, 거리를 돌아다니던 두 사람은 생각보다 빠르게 한시온을 발견할 수 있었다.

정확히 말하자면 군중에 둘러싸여 기타를 치는 누군가를 발견한 것이다.

"저기인 것 같군."

"음……."

시원하게 대답이 나오지 않는다.

처음에는 시온인 줄 알았다.

하지만 싸구려 앰프를 통해 들리는 연주가 익히 알고 있는 한시온의 것과는 많이 다르다.

그러나 도널드 맥거스는 확신을 가진 듯, 사람들을 헤치고 진입하기 시작했다.

"헤이, 이봐."

"미안. 안에 볼일이 있어서."

"……도널드?"

해변에서 연주를 벌이던 뮤지션들답게 다들 블루스의

거장을 알아보는 분위기였다.

덕분에 두 사람은 연주지의 중심으로 이동하는 게 어렵지 않았다.

그렇게 중심에 가까워질수록 도널드 맥거스의 표정이 달라져 간다.

싸구려 앰프를 통해 들리던 음악도 환상적이었지만, 직접 듣는 연주 소리가 더 환상적인 것이었다.

하지만 크리스 에드워드는 그쯤 해서 결론을 내렸다.

'시온이 아니야.'

너무 자유로운 연주다.

형식도, 기법도, 테크닉에도 구애받지 않는다.

엘모어 제임스의 〈The Sky Is Crying〉을 편곡해서 연주하는데, 믿기지 않을 만큼 아름답다.

이 곡은 개리 B.B 콜맨이 편곡한 버전이 더 유명한데, 이건 그 이상이다.

풍부한 멜로디 속에 담겨 있는 재지함과 블루지함이 미친 수준이다.

아무리 재즈와 블루스가 형제 장르라고 표현된다지만, 이렇게까지 경계를 넘나들 수가 있나?

이 정도면 블루스라는 장르에 한정 지어서는 한시온보다 우위에 있는 뮤지션 같다.

"오 마이 갓!"

그쯤 해서 도널드 맥거스는 도저히 참지 못했다.

점잖음을 버리고 사람들을 미친 듯이 헤치고 지나간 것이었다.

크리스 에드워드도 발걸음을 재촉했다.

한시온이 아니라도 하더라도 이 정도 음악을 할 수 있는 뮤지션이라면 만나 보고 싶다.

그사이 먼저 도착한 도널드 맥거스를 알아본 사람들이 환호성을 터트리고, 금방 두 개의 기타 소리가 들리기 시작했다.

참지 못한 도널드가 연주에 끼어든 것이다.

그때쯤 크리스 에드워드도 연주의 중심지에 도착했다.

그리고는 두 눈을 부릅떴다.

"……!"

연주를 하고 있는 사람이 시온이었으니까.

'어떻게?'

하지만 전혀 다른 사람처럼 보이기도 했다.

손에 든 기타에서 흘러나오는 멜로디 때문인지, 아니면 한국에서 보지 못했던 편안한 옷차림 때문인지.

그렇게 두 사람이 미친 듯이 연주를 시작하자, 사람들의 표정이 황홀해진다.

블루스는 현대 음악 장르의 아버지 같은 놈이다.

록, 메탈, 소울, 펑크, 디스코, 힙합…….

모든 대중음악의 역사와 정수를 들여다보면 블루스가 녹아들어 있다.

심지어 누군가는 블루스를 바탕으로 재즈가 탄생했다고도 주장한다.

보편적인 시각은 두 장르가 서로 영향을 끼치며 탄생한 형제 장르로 보지만, 그만큼 수많은 음악에 영향을 끼쳤다는 것이다.

그러니 블루스의 거장인 도널드 맥거스는, 대중음악의 정수를 가장 아름답게 표현하는 뮤지션이라고 할 수 있다.

한데 저 열아홉 살짜리 뮤지션은 그와 대등하다.

아니······.

'시온이 더 잘한다고 생각하면 미친놈인가?'

우월해 보인다.

월등하다고까진 표현할 수 없겠지만, 분명 두 사람의 연주에서 키 포인트는 시온의 손끝에서 흘러나오고 있었다.

그때 흥을 참지 못한 도널드 맥거스가 노래를 불렀다.

The sky is crying
Can you see the tears roll down the street

그러자 누군가 싸구려 마이크가 꽂힌 스탠드를 도널드 맥거스의 앞에다가 가져다 준다.

찌잉- 하는 듣기 싫은 피크가 터지는 마이크였지만…….

눗물이 뚝뚝 떨어지는 것 같은 도널드 맥거스의 노래 앞에는 상관없었다.

한데, 다음 소절을 받은 게 웃음을 머금은 한시온이었다.

The sky is crying,

Can you see the tears roll down the street

한 명의 노인과 한 명의 소년이 미친 듯이 연주를 하며 노래를 부르기 시작한다.

이 음악을 완벽히 이해할 수 있는 수준의 크리스 에드워드는, 두 사람의 장난을 눈치 챌 수 있었다.

도널드 맥거스가 먼저 노래를 부르면 한시온이 연주를 틀어 버린다.

그러면 도널드 맥거스는 그 연주에 맞춰서 노래를 수정하면서 불러야 한다.

반대로 한시온이 노래를 부르자, 도널드 맥거스가 연주를 바꾼다.

그러면 한시온 이 미친놈은 목소리로 새로운 코드 진행을 만들어 버린다.

이이온이 연습하고 있는 그 방식으로 말이다.

자유롭고, 아름답다.

그 순간, 크리스 에드워드는 자신이 작별의 순간에 한시온에게 해 줬던 이야기를 떠올렸다.

"너 정도 재능을 가진 뮤지션은 초조해할 필요가 없어. 두려워할 필요도 없고, 계산을 할 필요도 없어."

"그냥 질러 버려. 대중들은 언뜻 무신경한 듯 하지만, 절대 그렇지 않아."

"네 음악에 담긴 본질을 알아차릴 사람은 세상에 너무나 많을 거야."

이유는 모르겠다.

하지만 원인은 알겠다.

한시온은 자신의 말처럼 그냥 질러 버리는 중이었다.

아무런 계산도 없이, 음악에 취해서.

처음으로 목격한 한시온의 100%는······.

'미쳤군.'

사랑하지 않고는 버틸 수 없는 아름다움이었다.

* * *

크리스 에드워드, 도널드 맥거스, 그리고 한시온.

세 사람은 호텔 방에서 작은 파티를 벌였다.

술집에서 술을 마실 수 없는 한시온을 위한 배려였다.

"하하! 믿기지 않는군. 내 자식보다 한참 어린 소년에게 연주로 밀렸다니."

"밀렸다니요? 리드하셨잖습니까."

"내 리드에 자네가 맞춰 준 걸 모를 줄 아나? 자넨 정말이지, 신의 실수 같아."

"악마의 실수일 수도 있죠."

"블루스의 시작을 생각해 보면 그 말이 더 어울리는군."

도널드 맥거스는 한시온에 대한 호기심을 감추지 못했고, 한시온은 가벼운 태도로 대화를 즐겼다.

두 사람은 음악에 대한 이야기를 비롯해 수많은 이야기를 나눴다.

그는 특히 한시온의 현재 상황에 관심이 많았다.

하지만 안타까워한다기보다는 즐거워하는 모습이었다.

"자네는 영화 속 주인공처럼 사는군. 그런 악덕 자본가와 음악으로 싸우고 있나?"

"히어로처럼 혼내 주고 있는 중이죠."

"하하하. 좋아. 내가 좀 도와줄 수 있을 것 같은데?"

"어떤 방식으로 말이죠? 전 미국에서 활동을 할 생각이 없습니다."

"자네, 나 같은 노인들의 힘이 뭔지 아나?"

"글쎄요. 인맥? 재산?"

"그것보다는 괜히 있어 보인다는 거지. 노인들이 말을 하면 있어 보인다니까?"

도널드 맥거스는 뭔가 계획이 있는 듯했지만, 이 자리에서 털어놓을 생각은 없어 보였다.

언젠간 한시온과 크리스 에드워드는 도널드 맥거스에 대해 이런 이야기를 나눈 적이 있었다.

"도널드 맥거스는 왜 헷갈렸어?"

"젊은 시절이 안 떠오르던데."

"아, 맞아. 맥거스는 젊었을 때랑 지금이랑 음악 차이가 거의 없어. 대단한 양반이지. 블루스의 신이야."

음악뿐만이 아니라, 삶의 태도조차 젊은이 같았다.

그가 한시온과 대화를 나누는 태도를 보면, 공연장에서 우연히 만난 십대 소년 같았으니까.

그렇게 한동안 도널드 맥거스에게 대화의 기회를 양보하던 크리스 에드워드가 입을 열었다.

"왜 이렇게 달라진 거야?"

"좀 달라 보이나?"

"어. 아주 자유롭고……. 모든 걸 토해 내는 것 같았어."

한시온이 슬쩍 웃었다.

"끝까지 가 보자는 다짐이 생각보다 힘이 세더라고."

"그게 무슨 말이야?"

"언젠간 그런 생각을 했었거든. 지금의 팀원들과 갈 수 있는 끝까지 가 보겠다고."

"그래서?"

"근데 다시 생각해 보니, 끝까지 가겠다는 건 막아서는 끝이 없다는 거잖아?"

"영원히 상승한다면 그렇겠지."

"그거야. 그래서 내 음악이 달라졌더라고."

크리스 에드워드는 한시온의 말을 전부 이해하진 못했지만, 바뀐 태도에 대해서는 이해했다.

필요한 만큼만 계산해서 내놓지 않겠다는 거다.

가슴이 두근거린다.

그러면 한시온은 어떤 음악을 하게 될까?

"얼마나 여기 더 있을 거야?"

"사흘. 아니, 이제 자정이 넘었으니 이틀이군."

가만히 듣고 있던 도널드 맥거스가 끼어들었다.

"그럼 이틀간 나와 연주 여행이나 할까?"

"죄송하지만 할 일이 있습니다. 오늘 확신을 얻었거든요. 제가 더 뛰어난 음악가가 됐다는 걸."
"뭘 하려고?"
"앨범을 만들어야겠습니다."
"이틀간?"
"네. 여러분이 보내 준 음악을 편곡해야겠습니다."
"우리 아직 계약서도 안 썼을걸?"
"무슨 조건이 됐든, 전적으로 제가 수용하겠습니다."

* * *

다음 날, 급하게 빌린 뉴욕의 스튜디오에 처박힌 한시온은 정말로 40시간 가까이 밖으로 나오지 않았다.

그가 밖으로 나온 건 피자 박스 4개가 비워지고, 콜라 페트병이 6개가 동났을 때였다.

그런 그의 손에는 총 11트랙이 들어 있는 USB가 들려 있었다.

여기에 〈Resume〉와 컬러 쇼의 〈Colorful Struggle〉을 더하면……

13트랙.

이 곡들은 유기성을 가진 트랙으로 묶여서 세상에 발매될 것이었다.

하지만 EP는 아니었다.
세달백일의 첫 정규 앨범이었다.
다시 다음 날.
한시온은 한국으로 귀국했다.
컬러 쇼 영상이 공개되기 하루 전이었다.

Album 12. The First Day

한국에 도착하니 저녁 9시였지만, 세달백일의 숙소보다 먼저 갈 곳이 있었다.

현수 삼촌의 집.

오늘은 삼촌의 생일이었으니까.

그동안 통화는 자주 했지만, 얼굴을 보는 건 오랜만이었다.

멤버들과 함께 병실을 방문했을 때가 마지막이었나?

"야, 인마! 얼굴 까먹겠다."

"죄송해요. 잘 지내셨죠?"

"나야 여전히 병원 지박령이지."

"지평좌표계는 어떻게 고정하셨어요?"

"뭐?"

아, 아직 이 밈이 유행하기 전이지.

사람의 기억력이란 참 이상하다.

이런 쓸데없는 밈들은 기억하면서 왜 최재성이 알려 주는 줄임말들은 기억이 안 날까.

그때 삼촌이 날 와락 안았다.

"짜식, 요즘 잘나가더라?"

"열심히 하는 거죠. 생신 축하드려요."

"생신이라고 하지 마. 나이 먹은 거 같잖아."

씩 웃으며 뉴욕에서 사 온 선물들을 삼촌에게 건넸다.

삼촌이 뭘 좋아하는지 뻔히 알고 있었으니, 취향에 맞는 물건들이었다.

"근데 시온아."

"네?"

"옷들이 왜 다 작아 보이지? 기분 탓인가?"

"일부러 두 치수 작게 샀어요. 살 빼서 입으라고."

"너까지 내 다이어트를 종용한다고?"

"네."

이건 진짜 회귀자로서 해 주는 충고다.

삼촌이 이 옷을 입을 수 있게 되면, 정말 좋은 결혼 상대를 만날 수 있으니까.

언젠가 궁금해서 러브 스토리를 들어 봤는데, 좀 황당하다.

삼촌은 살을 빼면 이상한 자신감이 생겨서 개인 병원 개원에 대한 충동이 차오른다.

그래서 부동산에 가는데, 거기 사장님의 딸에게 첫눈에 반하게 되는 것이었다.

이게 좀 재밌는 게, 보통 회귀를 반복하다 보면 우연성을 목격하게 된다.

내가 아무 것도 하지 않았지만 음주 운전 뺑소니에 적발되기도 하고, 안 되기도 하는 코미디언 버넷 아델처럼.

그러나 삼촌은 여지없다.

살을 빼면 무조건 숙모님과 만나고, 안 빼면 무조건 안 만난다.

다이어트랑 개원이랑 무슨 상관관계가 있는지 모르겠고, 개원할 돈도 없는 양반이 부동산은 왜 가는지 모르겠지만…….

일단 숙모님은 좋은 분이니까.

이번 생에도 만나면 좋겠는데.

"삼촌, 헬스장 끊어 줄까요?"

"얌마, 내가 돈이 없냐? 시간이 없지."

"살 빼면 제가 연예인 사인 받아다 줄게요."

"난 좋아하는 연예인 없는데?"

"그럼 그냥 빼요."

"이 자식이."

그렇게 투닥거리고 있는데, 배달 음식이 도착했다.

음식을 세팅한 뒤, 내가 사 온 케이크에 촛불을 붙였다.

그렇게 생일 축하 노래를 부르고 음식을 먹기 시작했는데, 삼촌이 입을 열었다.

"근데 시온아."

"네."

"연예인한테 사인 받아다 줄 수 있는 거 맞아?"

"왜요? 받고 싶은 사인 있어요?"

"그건 아닌데, 사인을 받으려면 연예인을 만나야 할 거 아니야. 너 예능 같은 곳 못 나가잖아?"

"열심히 하다 보면 어떻게든 되겠죠."

"그런 것치고는 계속 소란을 만들던데? 컬러 쇼 다음은 뭐야?"

괜히 걱정할까 봐 삼촌한테 자세한 이야기를 한 적은 한 번도 없다.

하지만 삼촌은 이미 다 알고 있는 듯했다.

하긴, 똑똑한 사람이니까.

아버지의 말에 따르면 삼촌은 너무 똑똑해서 수석을 못 한 거라고 했다.

공부가 너무 쉬우니까 대충해 버려서.

다만 대충하고도 수석을 할 정도로 초초천재는 아니

고, 초천재쯤 된다고 했다.

이건 아버지의 비유다.

"계획이 있어요."

"도와줄 건 없고?"

"살이나 빼세요."

"야!"

근데 진짜로 딱히 도움받을 게 없다.

도움이 필요하다면 조금 뒤겠지.

아마 한 달쯤 뒤.

"그래서 모든 계획이 잘 풀리면 뭘 할 거야? 월드 투어 같은 걸 하나?"

"벌써 월드 투어를 할 순 없죠."

그냥 여느 아이돌처럼 활동을 할 거다.

음방도 나가고, 팬 사인회도 하고, 리얼리티 예능 같은 것도 출연하고.

자컨이 있긴 하지만, 지금까지 우리의 자컨은 늘 기능적으로만 활용되었다.

자극적인 이슈를 만들어 낸다든가, 라이언 엔터에 대항해 정치적인 공작을 벌이든가.

물론 대중적인 재미는 충분히 채워 넣었지만, 공홈을 보니 팬들은 소소한 지점을 원하기도 했다.

꼭 어떤 이슈의 앞뒤 내용이 아니라, 멤버들끼리의 케

미스트리를 보여 주는 내용 같은 것들 말이다.

동의한다.

나는 그런 걸 경험해 봐야 하고, 멤버들은 그런 걸 하고 싶어 하니까.

서로의 의견이 일치하는 부분이다.

"그래도 얼굴이 좋네? 멤버들이랑은 친하게 지내지?"

"네. 다들 괜찮은 사람들이에요."

"다음에 시간 남으면 한번 데려와. 맛있는 거 사 줄게."

"삼촌이 살 빼면요."

"얌마……."

"진심으로."

* * *

라이언 엔터 내부에서 테이크썬의 뮤직비디오 공개 일정을 앞당기자는 말이 나왔다.

당연히 세달백일 때문이었다.

세달백일이 의도한 건지, 아니면 우연인 건지는 알 수 없지만, 테이크썬의 티저가 컬러 쇼 티저에 완전히 묻히지 않았던가?

뮤직비디오라고 그런 일이 발생하지 않는다는 보장은 없다.

그러니 평소 라이언 엔터가 뮤직비디오를 공개하는 패턴을 뒤틀자는 이야기였다.

하지만 이건 최대호 선에서 반려되었다.

대외적인 이유는 이미 정해진 스케줄이 있으니 아티스트들에게 혼선을 주지 말자는 것.

그러나 실제 이유는 자존심 때문이었다.

라이언 엔터가 세달백일을 피해서 도망치는 건 말도 안 되는 일이다.

한국의 쇼 비즈니스 산업이 시작된 1980년대 이래로 아티스트가 자본을 이긴 적은 없다.

아니, 한국뿐만이 아니다.

그 유명한 비틀즈조차 에이전시에게 나눠 주는 수수료가 아까워서 독립했다가 호되게 당하고, 다시 자본의 품에 안기지 않았던가.

그러니 도망치는 건 말도 안 된다.

업게에서 자신을 비웃음거리로 삼을 것이다.

이게 최대호의 속내였다.

게다가 어쩌면 우연일 수도 있다.

컬러스 미디어 같은 거대 회사의 영상 공개 일정을 세달백일이 컨트롤할 수 있다는 건 망상일 확률이 높다.

더는 일정을 바꿀 수 없다.

8월 말로 예정된 데뷔 일정이 7월로 당겨졌다가 드롭

아웃과 NOP 때문에 다시 8월로 밀렸으니까.
 그렇게 8월 26일.
 테이크씬의 오피셜 뮤직비디오가 공개되었다.

[TAKE# '씬스틸러' Official M/V]

 최대호를 비롯한 라이언 엔터의 직원들은 컬러 쇼 채널에 촉각을 곤두세웠다.
 하지만 30분이 지나도 컬러 쇼 채널에는 별다른 영상이 업로드되지 않았다.
 지난번에는 1분 간격도 되지 않게 올라왔는데.
 '역시 우연이었나?'
 하지만 역사적으로도 '해치웠나'는 마법의 주문이었다.
 무지개색으로 번지는 컬러 쇼 특유의 배경.
 어깨동무를 한 채, 해사하게 웃고 있는 다섯 명의 소년.
 영문 표기도 아닌, 발음 그대로 표기한 팀명.

[Sedar Back Ill - Colorful Struggle ‖ A COLOR SHOW]

 뭐 하나 거슬리지 않는 게 없는 영상이 공개된 것이었다.

최대호는 놀랍게도 자신의 손이 떨리고 있다는 걸 깨달았다.

"씨발."

상스러운 욕을 내뱉으며 떨림을 진정시켰다.

그리고는 마우스를 움직여서 영상을 클릭했다.

한시온의 전자 기타 연주로 시작되며, 멤버들이 한 명씩 들어옴에 따라 음악적 요소가 더해지고, 마침내 폭발하는 노래.

Colorful Struggle.

최대호는 어이없게도 그 영상을 보면서 음악이 좋다고 생각했다.

수많은 상념과 부정적인 감정이 스쳐 지나가지만…….

그럼에도 불구하고 노래가 좋다.

도저히 부정할 수가 없다.

* * *

최근 쇼 비즈니스 업계에서는 컬러 쇼가 대단한 콘텐츠이긴 하지만, 사람들이 지나친 기대를 품고 있다는 이야기가 있었다.

기자들이 광고 클릭을 팔아먹기 위해서 지나치게 자극적인 타이틀의 기사를 송출한 탓이었다.

버즈량이 많은 건 좋지만, 그 버즈량의 방향이 너무 자극적이다.

[세달백일, 컬러 쇼의 첫 번째 한국 게스트로 어느 정도 성과를 거둬야 할까?]
[컬러 쇼에 출연한 일본 뮤지션이 기록한 조회 수는?]

이런 식으로 말이다.
만약 세달백일이 대형 기획사 소속이었다면, 홍보팀이 가만 두고 보지 않았을 것이다.
원래 언론 마케팅에는 적절한 핸들링이 필요한 법이다.
하지만 세달백일에게는 언론을 핸들링할 홍보팀이 없었고, 기자들은 브레이크가 고장난 트럭처럼 내키는 대로 기사를 써 댔다.
이건 좀 위험하다.
기대가 크면 사람들은 '적당한 성과'에도 실망을 하기 마련이다.
상상은 언제나 현실보다 화려한 법이니까.
하지만…….
세달백일은 사람들의 기대를 충족시켰다.
조회 수나 대외적인 성과에 대해 이야기하는 게 아니었다.

음악에 대한 이야기였다.

-야 미친 거 아니냐ㅋㅋㅋㅋ
-와 지렸다. 나 아이돌에 아무 관심도 없는 사람인데, 얘네 뭐냐. 이렇게까지 잘한다고?
-요즘 아이돌들은 이런 거 함? 나 관심 없어서 몰랐는데.
-ㄴㄴ 그냥 얘네가 이런 거 하는 거임.
-애초에 아이돌도 아니잖아ㅋㅋ 그냥 인디 밴드 아님?
-근데 저번에 자컨 보니까 세달백일은 본인들이 아이돌이라고 생각하던데. 아이돌이 되고 싶다고.
-아 그래? ㅇㅇㅇ 뭐가 됐든 본업만 잘하면 됐지.
-이런 세계적인 프로그램을 우리나라 청년들이 빛내다니요. 정말 보기 좋습니다. 다만 영어 가사가 아니라 자랑스러운 한글 가사를 썼으면 어땠을까 하는 아쉬움이 남습니다.
-어우, 아재요;; 누가 컬러 쇼에서 한국어로 노래를 불러요.
-한시온 기타 연주에 치인다...!
-난 이이온이 소리 버럭 지르면서 시작하는 파트가 너무 좋음. 약간 막힌 혈을 뚫어 주는 느낌이랄까?
-이것도 한시온이 만든 노래임?

-ㅇㅇㅇㅇ

-얘는 뭐 작곡 주머니라도 달렸냐. 내는 노래마다 히트하네.

컬러 쇼의 조회 수가 미친 듯이 올라가기 시작했다.

덩달아 컬러 쇼의 도전기가 담긴 세달백일의 자컨도 조회 수가 펌핑되었다.

재미있는 점은 컬러 쇼의 오피셜 채널에 올라간 영상의 조회 수와 세달백일이 본인들의 채널에 올린 영상의 조회 수가 비슷하다는 것이었다.

이 말은 두 가지를 동시에 의미했다.

첫 번째로 국내에서 화제몰이가 너무 잘 됐다.

두 번째로 해외에서 화제몰이가 너무 안 됐다.

사실 당연한 일이었다.

해외 음악 팬의 입장에서는 어떻게 읽어야 할지도 모르겠는 낯선 이름과 처음 보는 동양인 소년들이 박힌 썸네일 영상을 눌러 볼 이유가 없었다.

-이 소년들은 케이팝 아티스트야?
-Fuck. 컬러 쇼도 갈 때까지 갔네.

2017년 현재, 케이팝의 위상은 서브컬처였다.

시간이 좀 더 흐르면 서브컬처의 위치를 벗어나서 메인스트림으로 이동하기 시작하지만, 아직은 아니다.

그러다보니 영상을 보지도 않고 비난조의 댓글을 다는 이들이 꽤 많았다.

-노노. 친구들 이 영상을 봐.
-Craaaaazzzzy! 미쳤어!
-노래부터 연출까지 완전 돌았어. 지금까지 본 컬러쇼 영상 중 최고야.
-누가 이 친구들의 히트 곡을 어디서 들을 수 있는지 알려 주겠어?
-왜 이 케이팝 그룹은 춤을 추지 않아? 난 그들의 춤을 정말 좋아하는데.
-노래로 완벽하니까.
-부정할 수 없군.

영상을 본 이들과 보지 않은 이들의 온도 차가 너무 극명했다.

하지만 이건 잠깐이었다.

-잠깐. 설마 이 친구가 도널드 맥거스와 연주한 그 친구야? 너무 똑같이 생겼는데?

-무슨 소리야?
-(링크) 레딧과 포럼을 뒤집어 놓은 영상이야.
-오 마이 갓. 이게 뭐야?
-시사이드 하이츠에서 벌어진 즉흥 연주야. 미쳤어.

한시온과 도널드 맥거스의 즉흥 연주가 외국 커뮤니티에서 굉장한 반응을 만들어 내는 중이었으니까.

* * *

덕 중의 덕은 양덕이라는 말이 있다.
이는 서구권 마니아들이 엄청난 스케일과 전문성으로 특정 문화에 깊이 몰입하기 때문에 생긴 말이었다.
이들은 특히 분석과 토론을 즐긴다는 특징이 있는데, 이로 인해 포럼이나 인터넷 커뮤니티에서 논문급 해석으로 싸움을 벌이는 경우도 심심치 않게 찾아볼 수 있었다.
한데 그 장르가 미국 문화에 뿌리 깊게 내린 블루스라면?
블루스의 거목이라고 불리는 도널드 맥거스가 포함되어 있다면?
더 말할 필요도 없었다.

Reply : 9999+

댓글이 만 단위에 도달하는 싸움이 벌어지게 된다.

그러나 이 싸움이 '음악의 좋고 나쁨'을 두고 벌어지는 건 아니었다.

한시온과 도널드 맥거스의 연주는 블루스를 즐기는 이들이라면 그 뛰어남을 단번에 인정할 수밖에 없는 것이었으니까.

이들이 싸움을 벌이는 주제는 간단했다.

-곡을 들으면 알 수 있잖아? 도널드 맥거스가 리드를 하고 있어. 의심할 여지가 없어.

-곡을 리드한다는 게, 실력적인 우위에 있다는 걸 의미하지 않아. 0:34~0:46을 봐. 자이온의 기타가 만들어 내는 테크닉에 도널드 맥거스가 불협화음을 만들어 냈어. 못 따라갔다는 뜻이지.

-당연한 거 아니야? 도널드 맥거스는 즉흥 연주고, 자이온이란 남자는 준비된 곡을 쳤으니까.

-Bullshit(헛소리). 1:11~1:17은 어떻게 설명할 건데? 여기서 맥거스는 블루 노트에 장난을 쳤지만, 자이온은 곧장 반응했어. 이게 어떻게 즉흥 연주가 아니라는 거야?

-동의해. 완벽한 콜 앤 리스폰스(메기고 받기)야.
-글쎄. 이 부분에 자이온의 즉흥성이 엿보이는 건 사실이지만, 루바토의 일종으로 봐야 할 것 같은데.
-나도 동의해. 그 부분만 즉흥 연주야.

도널드 맥거스와 자이온.
둘 중 누가 더 잘했는지.
이게 주요 논점이었다.
여기서 한 발 더 나아간다면 정말 자이온의 연주가 즉흥 연주가 맞느냐였다.
하지만 이 논쟁에 참여한 이들도.
참여하지 않고 구경하는 이들도.
한 가지 명제에는 동의하고 있었다.
바로, 자이온과 도널드 맥거스가 동등한 수준의 뮤지션이라는 것이었다.
놀라운 일이었다.
도널드 맥거스가 누구던가?
48년 전, 18살이라는 어린 나이로 데뷔해 단 한 번도 블루스 스케일에서 벗어나 본 적이 없는 뮤지션이다.
블루스란 장르에서 가장 뿌리 깊은 나무이자, 가장 많은 나이테를 지닌 거목이었다.
그런 거장과 동등하게 멜로디를 나누는 저 젊은 남자는

대체 누구란 말인가?

-시사이드 하이츠에서 자이온은 전설이야. 그는 단 일주일 만에 도시의 모든 뮤지션들을 사로잡았어.
-그가 딱 한 번 시어터의 오픈 마이크에 섰을 때, 사람들은 넋이 나갔어. 기타보다 근사한 피아노를 치며 노래를 불렀거든.
-(영상) 여기서는 베이스를 쳐. 심지어 본인 베이스가 아니라 빌린 거라고 하더군.

도시 전설에서나 나올 법한 목격담들이 줄줄 이어졌지만, 그 누구도 자이온의 정확한 정체를 알지 못했다.
이는 시온이 시사이드 하이츠에서 한국어를 쓴 적이 없기 때문이었다.
그렇게 자이온이 일본의 기타리스트라든지, 중국의 피아니스트라는 이야기가 오갈 때쯤이었다.

-잠깐, 컬러 쇼에 올라온 이 영상 속 남자가 자이온 아니야?
-어? 맞는 거 같은데?
-아니야. 옷이 다르잖아.
-옷은 갈아입을 수 있는 거야. 멍청아.

-나이 차이가 좀 나지 않아? 컬러 쇼에서는 완전히 소년처럼 보이는데.
-닥치고 컬러 쇼에서 치는 기타를 들어 봐. 그가 자이온이야.

잠시 설왕설래가 오갔지만, 세달백일의 〈Colorful Struggle〉에도 한시온의 기타 파트가 있다.
전자 기타와 통기타의 차이가 있긴 하지만, 모든 걸 분석하는 양덕들이 주법과 연주 버릇을 낱낱이 분석하기엔 충분한 자료였다.

-맞아! 이 남자가 시사이드 하이츠의 자이온이야!
-디미니쉬 코드를 특이하게 잡는 방법이 동일해. 오픈 코드가 아니야.
-맞아! 맞다고!

결론이 났다.
난데없이 등장해 시사이드 하이츠를 뒤집어 놓고, 도널드 맥거스와 그래미의 재즈 인스트루먼트 부분에 노미네이트될 만한 연주를 선보인 이가…….

-젠장. 케이팝 아티스트였다고?

―오, 나는 언젠간 케이팝이 미국에서 큰 성과를 거둘 거라고 생각했어. 그들은 정말 열정적이야.
―케이팝은 기계적인 트레이닝으로 탄생하는 거 아니었어?
―케이팝 아티스트든 뭐든 상관없어. 자이온은 존중받아 마땅한 실력을 지녔어.
―So Dope, Bro.

컬러 쇼의 조회 수가 무지막지하게 오르기 시작했다.
한국에서 기록한 조회 수 따위는 아무 것도 아니었다.
문화를 향유하는 계층 인구가 다르다.
게다가 컬러풀 스트러글은 한시온이 작곡한 노래 중 가장 오랫동안 빌보드 최정상을 유지하는 곡이었다.
서구권의 감성에 딱 맞는 노래라는 뜻이다.
세달백일과 함께 부르는 버전이지만, 그래도 곡 안에 들어 있는 감성은 같다.

―음원이 필요해.
―빌어먹을 애플 뮤직은 왜 이 곡을 유통하지 않는 거지?
―이 멍청이들. 애플 뮤직 **빼고** 모든 플랫폼에 음원이 있어.

-왜 애플에는 없지? 삼성 때문인가?

-그럴 듯해.

-오, 애플 뮤직에서 유통을 시작했어. 스트리밍 계약 문제 때문에 딜레이가 됐나봐!

-근데 Sedar Back Ill은 대체 무슨 뜻이야?

-Sedar는 스페인어로 진정시키거나 완화시킨다는 뜻이야.

-등이 아픈 걸 진정시킨다는 건가? 뭔가 이상한데?

-그보단 과거의 아픔을 완화시킨다는 해석이 어울리겠다.

-하하. 그들이 갱스터였다면 과거의 불법적인 행위를 내려놓는다는 뜻도 돼. 스눕이나 푸샤티처럼.

-힙합 듣는 놈들은 꺼져.

-Koo라는 친구의 리듬감이 정말 특별하다고 생각하는 건 나뿐이야?

-난 동양인이 섹시하다고 생각해 본 적 없는데, Lee는 정말 근사해.

-얼굴 보는 놈들도 꺼져.

-누가 이 친구들의 다른 노래를 추천해 줘!

그때쯤 뒤늦게 사태를 파악한 한인들이 나섰다.

커밍업 넥스트에서 한시온과 세달백일이 노래를 부르

는 영상에 자막이 달리며 업로드되었고, 〈Resume〉도 마찬가지였다.

의외로 서구권의 리스너들은 서울 타운 펑크를 그다지 좋아하지 않았다.

훌륭한 편곡임에는 동의했지만, 원곡이 있는데 굳이 이걸 들어야 하냐는 반응이었다.

그들이 가장 열광한 곡은 레주메였고, 그 다음으로는 의외로 가로등 아래서였다.

-오, 미국에서도 죽어 있는 프로그레시브 록이 한국에서 관 뚜껑을 박차고 일어났어!

-와우, 한국 뮤지션들이 대단한 거야? 아니면 이 친구들이 대단한 거야? 정말 다양한 장르를 소화하는걸?

-Sedar는 한국의 슈퍼스타겠지?

-노노. 이 친구들은 올해 방영된 리얼리티 쇼에서 데뷔를 했어. 이제 인기를 얻는 중인 거 같아.

-나도 Coming up next를 봤어. 자막이 좀 구리지만 볼 만했어. 근데 정말 이상한 점이 있어.

-뭔데?

-데뷔를 놓고 경쟁하다가 Sedar가 진 거잖아? 근데 왜 Sedar가 컬러 쇼에 나온 거지?

-Sedar가 졌다고? 상대 팀은 얼마나 잘하길래?

-내가 듣기엔 그저 그랬어. 근데 재밌는 건 크리스 에드워드가 출연해.
-What?

시사이드 하이츠.
자이온과 도널드 맥거스.
커밍업 넥스트.
그동안 세달백일이 발표한 곡들.
어떤 식으로 이번 이슈를 접했더라도, 그 종착지는 언제나 컬러 쇼였다.

-젠장. 난 이제야 Colorful Struggle을 들었어. 미친 노래야.
-케이팝 너드들이 날뛰는 줄 알았는데, 아니었어. 미친 듯이 좋아.

록 기반의 컨템포러리 R&B인 컬러풀 스트러글이 서구권 리스너들의 취향을 제대로 저격한 것이었다.
그렇게 믿기지 않는 일이 벌어졌다.

-

HOT R&B/HIP-HOP SONGS.

……

48. Colorful Struggle - Sedar Back Ⅲ

-

-

HOT R&B SONGS.

……

24. Colorful Struggle - Sedar Back Ⅲ

-

빌보드에 진입했다.

50위까지 집계하는 R&B/힙합 차트에서 48위.

25위까지 집계하는 R&B 송 차트에서 24위로.

물론 Hot 100이나 Album 200 같은 메이저 차트는 아니었다.

하지만 R&B 차트는 마이너 차트 중에서는 굉장히 메이저한 차트였다.

아무리 말석이라고 하지만, 쉽게 오를 수 있는 곳이 아니다.

컬러 쇼가 파워 있는 콘텐츠라고는 하지만, 여기 출연했다고 빌보드에 진입하는 것도 아니었고.

─도널드 맥거스와의 연주가 발매됐으면 재즈 인스트루멘탈 차트에서 1위를 차지했을 텐데.
 ─그것보다 알앤비 차트 48위가 더 대단해.
 ─우리가 차트에 올린 거나 다름없어. 너드들이 한 건 했군.
 ─노래가 좋았어. 멍청아.

 처음 자이온을 발견한 미국의 리스너들은 신기해했다.
 그들은 재능 넘치는 블루스 신성을 추적했을 뿐인데, 알앤비 차트에 이름을 올렸으니까.
 하지만 그들이 얼마나 신기해하든…….
 한국만큼은 아닐 것이었다.

 [세달백일, 빌보드 차트 24위 진입!]
 [세달백일, 빌보드에서 역사를 쓰다!]

 R&B송 차트의 24위를 Hot 100 차트의 순위처럼 써놓은 기사가 미친 듯이 쏟아졌다.
 정확한 상황을 아는 이들은 기자의 말장난에 혀를 찼지만, 대중들은 아니었다.
 사실 관계를 따지기보다는 세달백일이 빌보드 차트에서 24위에 진입했다는 걸 기억했다.

이슈가 부글부글 끓어오른다.

최대호고 나발이고, 지금 당장 세달백일을 붙잡아야 하는 게 아닐까?

섭외 전화를 걸어야 하는 게 아닐까?

이런 인식이 팽배해진 것이었다.

그때, 전국에 송출된 15초짜리 영상이 마지막 남은 최대호의 영향력을 완전히 날려 버렸다.

〈스테이지 넘버 제로〉의 편성 광고.

[삐- 했던 사람 아닌가?]

[삐- 에서 삐- 불렀잖아요. 프로 가수가 여기를 왜 나와요?]

호기심을 끌려고 작정한 장면들이 빠르게 스쳐 지나가던 와중.

갑자기 화면이 느려졌다.

그리곤…….

[최선을 다하면 좋겠고요.]

[기왕이면 우승했으면 좋겠습니다.]

완전체 세달백일이 등장했다.

세달백일의 등장은 이게 다였다.
그 뒤로는 스넘제의 방송 일정에 대한 이야기만 나왔으니까.

[과연 스테이지 넘버 제로의 주인공은 누가 될 것인가!]

15초짜리 편성 광고에서 2~3초 남짓.
하지만 그 파괴력은 강했다.

-야이 미친 세달백일 스넘제 나감???
-아니 뭔ㅋㅋㅋ 빌보드 다음 행보가 스넘제냐고ㅋㅋㅋ
-그냥 우승했다고 치고 상금 주면 안돼요? 우리 애들 컬러풀 스트러글 뮤직비디오 찍어야 하는데...
-지나가던 사람입니다. 상당히 좋은 의견이라고 생각합니다.
-그래 SBN. 대승적으로 희생 한번 하자. 서바이벌 우승 상금은 세달백일 주고, 준우승자까지만 뽑자.
-ㅋㅋㅋㅋㅋㅋ...솔깃한걸?
-세달백일, 앨범 펀딩 한번 열자. 술값 한 번 아껴서 후원한다.
-군대에서도 걸 그룹을 외면했던 인디 외길 인생 9년

차.... 보이 그룹에 빠지다...

대중들의 반응만 봐도 알 수 있었다.
현시점의 세달백일은 시청률의 치트키이자 블루칩이라는 걸.
임계점을 넘어섰다.
최대호의 영향력이 흔적도 없이 사라진 것이었다.
섭외 전화가 빗발친다.
심지어 신인 아이돌이 뚫기 쉽지 않은 공중파 예능에서까지.
마침내, 세달백일 팬덤이 간절히 기다리던 소식이 들려왔다.

[SBN 가요 테이스트, 세달백일 출연 확정!]

-드디어!
-음방!!!!!!!!!!!
-대호강점기 탈출이야ㅠㅠㅠㅠ
-공방일은 국가에서 공휴일로 지정해 주겠지??

하지만, 전혀 생각지도 못했던 소식도 함께 들려왔다.

[세달백일의 활동 곡은? Colorful Struggle + 앨범 선공개곡]

앨범 예고였다.

* * *

한국에 귀국한 날.

김현수를 만나고 세달백일의 숙소에 돌아온 한시온은 멤버들이 자고 있을 거라고 생각했다.

현수 삼촌과 술을 몇 잔 기울이다 보니, 시간이 벌써 자정을 넘겼기 때문이었다.

하지만 의외로 세달백일 멤버들은 각자의 침실이 아닌 공용 거실에 모여 있었다.

"뭐야. 왜 안 자?"

"잠이 안 와서요."

최재성의 대답에 한시온이 고개를 갸웃했다.

한 명이 잠이 안 올 수는 있다.

하지만 네 명이 동시에 잠이 안 온다면 뭔가를 잘못 먹은 게 아닐까?

그런 생각이 들었지만 일단은 캐리어를 열어서 선물부터 나눠 주었다.

"어? 선물을 사 왔어?"

"네. 살 일이 있었어요."

함께 미국에 나갔다가 조금 늦게 들어온 거니, 선물까지 살 필요는 없었다.

하지만 한시온이 알기로 구태환을 제외하면 다들 주머니 사정이 넉넉지 않다.

정확히 말하자면 온새미로는 가난하고, 이이온은 부모님에게 손을 벌리지 않는다.

최재성은 좀 애매한데, 가지고 있는 옷이나 물품은 상당한 고가의 것들이지만 현금은 거의 없는 것 같았다.

그래서 현수 삼촌의 물건을 사면서 함께 이것저것을 구매해 온 것이었다.

미국에서도 쇼핑을 전혀 못했으니까.

한시온의 선물을 받은 온새미로가 기겁했다.

"이건 너무 비싼 거 아니야?"

"이미테이션이야."

"……아무리 봐도 그렇게는 안 보이는데?"

"이미테이션이야."

"시온 형, 그럼 이거 저희가 입고 다니면 안 되는 거 아니에요? 이미테이션 티 나잖아요."

"절대 티 안 나."

"진품이라서요?"

"이미테이션이야."

"혹시 품질 보증서가 있는 이미테이션인가요?"

"그만 물어봐."

"이미테이션이니까?"

"이미테이션이야."

이미테이션 봇에 빙의한 한시온을 본 멤버들이 어이없다는 듯 웃음을 터트리더니, 감사히 선물을 즐겼다.

그렇게 잠깐의 선물 개봉식이 끝나고, 한시온이 입을 열었다.

"근데 왜 안 자고 있어?"

"긴장이 돼서. 너 기다렸어."

구태환의 말에 한시온이 고개를 갸웃했다.

"긴장? 무슨 긴장?"

"내일 컬러 쇼가 공개되잖아."

"그게 왜?"

"사람들이 엄청나게 기대하고 있던데, 생각보다 성과가 별로면 어떡하지?"

세달백일 그 누구도 그들의 음악이 별로라고는 생각하지 않았다.

하지만 음악의 수준과는 별개로 생각보다 잘 안 될 가능성은 있다.

컬러 쇼는 단숨에 뜨거운 화제를 불러일으키기보다는

천천히 타오르는 콘텐츠다.

한데 지금 분위기는 단번에 몇천만 조회 수를 찍어야 할 것 같은 느낌이었다.

한시온은 처음엔 멤버들의 긴장감에 공감하지 못했지만, 대화를 나누면서 이해했다.

간단한 이유에서였다.

기대를 받는 게 처음이라서다.

그들은 커밍업 넥스트가 끝난 시점부터 지금까지 줄곧 공격만 받아 왔다.

최대호를 필두로 한 쇼 비즈니스의 구성원들이 그들을 호시탐탐 노리고 있었으니까.

공격을 받지 않는 상황일 때는 무관심에 방치되었다.

음원 차트 1위를 해도 음악 방송 한 번 나가지 못했고, 기사 한 줄 나오지 않았으니까.

그래서 세달백일은 더 이를 악물었고, 더 깊게 몰입했다.

부정적인 것들을 연료로 삼고, 노력으로 불꽃을 만들어, 열정을 태워 버렸다.

하지만 상황이 바뀌었다.

이제 사람들이 그들에게 기대를 한다.

너희들은 대단하다고 손뼉을 치며, 박수에 부응해 달라는 듯 재촉한다.

그게 세달백일에게 큰 압박으로 다가온 것이었다.

사실 흔한 일이다.

언더독의 독기와 헝그리 정신으로 무장한 운동선수가 챔피언의 자리에 오르고 무너지는 일은 생각보다 많다.

적대적 상황에서 이를 악물던 이가 대중들의 사랑에 얼어붙는 경우도 생각보다 많다.

'흠.'

한시온이 턱을 쓰다듬었다.

부담감이 극복하기 힘든 감정이라는 걸 안다.

그래서 팀원을 구성할 때는 항상 새가슴은 제외했었다.

실력이나 재능이 아무리 뛰어나더라도 심장이 작은 이들은 실전에서 문제를 일으키기 마련이니까.

하지만 한시온이 경험한 바로는 세달백일 멤버들은 새가슴이 아니었다.

그랬다면 커밍업 넥스트의 무대에서 고양감을 느끼지 못했을 거다.

일시적인 현상일 뿐이니까, 해결을 해 줘야 한다.

한시온은 잠시 자신의 과거를 회상했다.

그도 분명 미숙한 시절이 있었고, 처음으로 사람들에게 관심을 받는 시절이 있었다.

그때 느꼈던 부담감을 어떻게 해결했더라?

"……?"

한시온은 잠시 당황했다.

부담감을 느껴 본 기억이 나지 않았기 때문이었다.

하지만 그럴 리는 없다.

자신이 얼마나 오랜 세월을 살아왔는데, 부담감 한 번 느껴 본 적이 없겠는가.

그래, 슈퍼볼 하프 타임 무대.

서구권의 슈퍼스타들만 설 수 있다는 슈퍼볼 무대에 처음 섰을 때 어떤 감정을 느꼈더라?

"……."

다른 공연진들 없이 혼자 공연하고 싶다고 생각했던 것 같다.

자꾸 말을 거는 가수들이 귀찮다고 생각했었던 것 같기도 하고.

그래, 아마 무한회귀 때문일 거다.

그에게 삶이란 목표를 달성하기 전까지 코인이 무한한 게임이다.

게임이라고 표현하기에는 너무 처절하지만, 일단 그렇다.

그러니 1회차를 생각해 보면 된다.

그렇게 1회차의 삶을 반추한 한시온은 진실을 깨달았다.

그는 악마를 만나기 전에도 부담감을 느껴 본 적이 없다.

오죽하면 엔터테인먼트의 캐스팅 디렉터들이 명함을 내밀 때마다 노래로 퀴즈를 냈겠는가.

이걸 맞추면 기획사에 방문하겠다고.

'그러고 보니까, 얼마 전에 맞춘 사람이 있었지?'

구태환 부모님 가게에 들렀다가 버스킹을 했었는데, 더 블엠의 캐스팅 디렉터가 퀴즈를 맞췄었다.

정말 맞추기 어려운 문제였는데 말이다.

한시온은 그런 생각을 하면서 결론을 내렸다.

이유는 모르겠지만, 자신은 부담감을 느껴 본 적이 없다.

게다가 부담감을 느끼는 팀원들을 영입한 적도 없고, 세달백일도 심장이 작은 이들이라고는 생각하지 않는다.

그러니 컬러 쇼에 대한 일시적인 부담감을 해결하는 방법은 간단하다.

'더 큰 부담감을 안겨 주면 되지.'

그러면 컬러 쇼에 대한 부담감은 형체도 없이 사라질 것이다.

자리에서 벌떡 일어난 한시온이 거실에 놓인 오디오와 자신의 핸드폰을 연결했다.

"아직 트랙 순서는 정하지 않았고, 레주메와 컬러풀 스트러글이 몇 번째 트랙에 들어갈지도 모르겠어요."

"갑자기 무슨 말이야?"

구태환의 말에 한시온이 핸드폰을 검지로 툭툭 건드렸다.

"앨범을 완성해 왔어."

"앨범? EP?"

"아니, 정규 1집 앨범. 타이틀은……. The First Day."

이 세상에서 세달백일을 가장 사랑해 주는 팬들이 그러지 않았던가.

우리가 세 달 하고 백 일만 활동을 한다면, 그들은 영원히 그 시간을 유영하겠다고.

Time Traveler.

그러니 팬들을 위해서 할 수 있는 일은 명확하다.

매 순간을 충실히 살아야 한다.

백 일의 첫날부터, 백 일의 마지막 날까지.

단 한 순간도 아쉽거나 부족해서는 안 된다.

설령 그 끝에 회귀가 기다리고 있다고 해도, 위대한 걸음들을 내딛어야 한다.

그리고 지금이 그 첫걸음이다.

〈The First Day〉는 그런 의미를 담은 앨범의 타이틀이었다.

또다른 의미로는, 최대호의 압박을 이겨 내고 세상에

인사하는 첫날이라는 것도 있었다.

한시온의 말에 멤버들의 얼굴이 괴상하게 변했다.

'그, 우리 컬러 쇼 이야기하고 있던 거 아니었나?'

'갑자기 정규 앨범?'

물론 앨범에 대한 호기심은 백 배, 천 배, 만 배였지만, 도무지 대화의 흐름을 따라갈 수가 없었다.

하지만 그런 생각도 잠시였다.

한시온이 노래를 재생하자, 멤버들의 얼굴이 진지하게 변했다.

세달백일이란 배의 키를 잡은 조타수는 명백히 한시온이다.

하지만 그렇다고 배가 어떻게 흘러가든 상관없다는 태도는 곤란하다.

한시온은 이해할 수 없을 정도로 깊고 넓은 음악적 능력을 지니고 있지만, 언젠간 무슨 문제가 발생할 수도 있으니까.

그러니 멤버들은 한시온이 보여 주는 음악의 편린이라도 이해하기 위해서 노력했다.

"편하게 들어요. 11트랙이나 되니까."

"레주메와 컬러풀 스트러글을 포함해서?"

"아니, 제외해서."

그렇다면 13트랙.

정말 정규 앨범이다.

이미 충분히 진지했지만, 멤버들은 더욱 진지한 표정으로 음악에 집중했다.

음악이 흘러나올수록 모든 멤버들의 얼굴에 상반된 감정들이 어리기 시작했다.

누군가는 소름 돋는 황홀함을 느끼면서, 불안해졌다.

또 누군가는 우주를 유영하는 듯한 안락함을 느끼면서도, 걱정스러워졌다.

심지어 온새미로는 너무 좋아서 얼굴이 환하게 피어났다가, 갑자기 시무룩해지기를 반복하기도 했다.

그렇게 정확히 45분 32초 만에 11트랙의 재생이 끝이 났다.

멤버들의 얼굴을 가만히 살피던 한시온이 입을 열었다.

"어때? 어때요?"

멤버들은 한동안 말이 없었다.

그러다가 구태환을 쳐다보았다.

한시온을 제외한 세달백일 멤버들 사이에서 암묵적으로 공유되는 규칙이 하나 있는데, 이해할 수 없는 상황이 벌어지면 구태환을 쳐다보라는 것이었다.

그러면 구태환은 그들이 느끼는 말 못할 감정을 아주 정확히 설명해 줄 것이었다.

이번에도 마찬가지였다.

"너무 아름답고 완벽한 연주야. 근데 너무 완벽해서 손을 대면 안 될 것 같아."

그래, 이게 정확한 표현이었다.

한시온이 들려준 45분 32초는 그들의 정신을 확 잡아당겼다.

45분이면 결코 짧은 시간이 아닌데도 훅 지나갔다.

꼭 4분 5초를 경험하는 것처럼.

아름답고, 황홀하고, 편안했다.

하지만 그럼에도 그들이 불안하고 불편함을 느낀 건, 세달백일의 자리가 느껴지지 않아서였다.

연주만으로 이미 완성된 곡이다.

영화 속 뉴욕 카페테리어에서 흘러나올 법한 인스트루멘탈이다.

감히 여기에 뭘 더한단 말인가?

게다가 설령 노래를 부른다고 해도 뉴욕 필하모닉의 연말 공연 같은 느낌일 것 같다.

아이돌 뮤직의 느낌이 없다.

구태환을 시작으로 멤버들이 걱정을 토로하는 순간, 한시온은 개구쟁이처럼 웃었다.

한시온이 저렇게 웃는 건 처음 보는 풍경이라서, 멤버들이 멈칫했다.

인제 보니, 고작 일주일 만에 한시온의 분위기가 좀 바뀐 것 같다.

농담을 던져도, 미소를 지어도, 항상 눅눅한 우울감이 맴돌던 느낌이 사라졌다.

이는 한시온이 '끝까지 가 보겠다'는 말의 의미를 실감한 덕분이었지만, 멤버들은 알지 못했다.

"일단 첫 번째로, 여러분이 들었던 노래 안에 들어 있는 피아노 메인 선율 있죠? 그게 우리가 부를 노래예요."

"아?"

"그러니까 보컬 파트를 이미 곡 안에 넣어 놨다는 거죠. 여기서 뭘 더 보태진 않아요."

"하지만 그 피아노 라인을 우리가 부르면 어색하지 않을까?"

"당연히 어색하지. 사람의 목소리에 맞춰서 수정을 해야지. 하지만 감성은 그대로 갈 거야. 참고로 피아노가 없던 부분은 랩이나 브릿지 파트야."

"두 번째는 뭐예요?"

한시온이 어깨를 으쓱했다.

"우린 이걸로 아주아주 케이팝스러운 무대를 꾸밀 거고, 활동을 할 거야."

뉴욕 필하모닉의 링컨 센터가 아니라, 잠실 실내 체육관이나 고척 돔이 어울리는 음악을 할 거다.

"이 음악으로요?"

멤버들은 잘 상상이 되지 않는 얼굴이었지만, 한시온은 그렇게 생각하지 않았다.

귀로 들을 때와 무대를 볼 때의 즐거움이 다른 앨범을 만들고 싶었다.

듣기만 할 때는 노래가 유려하게 흐르지만, 퍼포먼스가 가미되면 화려해질 거다.

"최재성."

"네?"

"케이팝에서 가장 안무를 잘 만드는 사람이나 팀이 어디야? 일반적인 시각으로."

"음, 보이 그룹 안무라면……."

최재성의 입에서 3~4팀의 이름이 나오자, 한시온이 고개를 끄덕였다.

전부 기억했고, 의뢰를 맡겨 볼 거다.

그러기 위해서는 일단 노래의 가이드 버전이 나와야 한다.

어차피 당장 모든 곡을 녹음할 필요는 없다.

컬러풀 스트러글과 앨범 선공개곡이면 충분하다.

"컬러풀 스트러글을 또 녹음해요?"

"말했잖아. 컬러 쇼 버전 말고, 케이팝 버전이 있다고."

"아, 맞다."

한시온이 어깨를 으쓱했다.

"자, 그러면 일단 좀 잡시다. 내일부터 강행군을 해야 하니까."

"시온아, 앨범 트랙들 우리한테도 보내 줄 수 있어?"

"바로 보내 드릴게요."

한시온은 멤버들에게 앨범의 트랙을 보내 주면서 내심 만족스러운 미소를 지었다.

부담감으로 부담감을 지우는 방법이 통한 것 같아 다행이다.

하지만 이건 일반적인 감성이 망가진 회귀자의 관점이었고…….

'위가 두 배로 아프다…….'

멤버들의 생각은 좀 달랐지만 말이었다.

그렇게 며칠의 시간이 흘렀다.

컬러 쇼가 공개되고, 테이크씬이 묻히고.

미국보다 조금 늦게 한국에서 시사이드 하이츠의 연주가 화제가 되고, 테이크씬이 묻히고.

빌보드에 세달백일의 이름이 올라가고, 테이크씬이 완전히 묻혀 버리는.

그런 시간들이었다.

그리고 마침내 세달백일의 음방 활동이 예고될 때, 세

달백일의 팬덤 티티는 환호성을 내질렀다.
 하지만 환호성은 짧았다.
 그들이 신이 나서 공홈으로 달려가려는 순간.
 띵-
 "어?"
 공홈 어플의 알람이 떠오른 것이었다.
 "……!"

[혹시 저희의 활동 곡을 정해 주실 수 있을까요 T.T?]

* * *

 어떤 부류의 팬이라고 해도 자신이 좋아하는 것에 대한 불만이 전혀 없을 수는 없다.
 특정 축구 선수를 열광적으로 좋아하는 이들도 '왜 슛을 안 해!'라고 소리를 지르고, 특정 영화를 좋아하는 이들도 내용에 대한 불만을 토로하곤 하니까.
 이건 아이돌 팬 역시 마찬가지였고, 세달백일의 팬덤도 그러했다.
 그들은 세달백일을 정말 사랑하지만, 당연히 불만은 있다.
 하지만 의외로 그 불만이 활동에 관한 건 아니었다.

세달백일이 공식 입장을 밝힌 건 아니지만, 그들은 최대호에게 압박을 당하고 있다.

그렇기에 남들 다 하는 활동은 거의 하지 못했고, 아무도 하지 않는(혹은 못하는) 활동만 주구장창 해 왔다.

인디 공연 게스트라든지, 컬러 쇼 출연이라 던지 말이다.

그러나 이건 정말 대단한 일이다.

지금까지 대한민국의 연예계에서 자본을 이긴 케이스는 없고, 케이팝 아이돌들은 더더욱 그렇다.

아이돌은 초기 투자 비용과 홍보 비용이 어마어마하게 들기 때문에 필연적으로 자본 친화적이며, 자본 귀속적일 수밖에 없는 직군이다.

아이돌판에 잔뼈가 굵은 이들이라면 세달백일이 얼마나 어려운 싸움을 하고 있는지를 충분히 알고 있었다.

이 정도 활동도 감지덕지다.

그러니 돌판의 뉴비가 아닌 이상, 티티는 세달백일의 활동 방향성에 큰 불만을 품지 않았다.

우리 애들은 천재니까, 언젠간 라이언 엔터를 물리치고 하고 싶은 걸 다 할 거라고 믿으며.

하지만…….

여기가 바로 팬덤의 불만 지점이었다.

과연 세달백일이 하고 싶은 게 무엇일까?

아이돌이 하고 싶은 건 맞나?

이들은 아이돌스럽지 않다.

커밍업 넥스트를 할 때도 약간의 낌새가 있긴 했지만, 크게 티가 나진 않았다.

전통적인 아이돌 그룹인 테이크씬과 경쟁 구도를 형성하는 중이었고, 시간 여행이라는 설정을 적극적으로 활용했으니까.

하지만 베드룸 팝을 표방한 레주메부터 살짝 애매해졌다.

그래도 레주메까지는 이지 리스닝이라고 여길 여지는 있었다.

2017년에 낯선 장르이긴 했지만, 침실에서 듣는 음악이라는 뜻처럼 듣기 좋았으니까.

하지만 〈Colorful Struggle〉은 이리 보고 저리 봐도 케이팝 뮤직은 아니다.

록 기반의 컨템포러리 R&B라는 장르가 문제라기보다는, 곡이 주는 감성이 문제였다.

심지어 가사도 전부 영어였고, 컬러 쇼에서는 최재성 외에는 춤을 추는 이들이 없다.

게다가 최재성이 추는 춤도 드림 사운드가 차곡차곡 쌓이게 만드는 장치에 가까웠고.

물론 이러한 부분에 특별히 불만을 품지 않는 이들도

있긴 했다.

세달백일 자체를 좋아하는 것이지, 아이돌 음악을 하는 세달백일을 좋아하는 게 아니라며.

그러나 이런 이들조차 아쉬움을 느낀다.

우리 애들은 천재가 확실하다.

돌판 역사상 단 한 번도 나온 적이 없는 천재이며, 어쩌면 대한민국 음악계에서 최초일 수도 있다.

이런 이들이 제대로 된 아이돌 뮤직을 한다면 어떤 느낌일까?

이게 아쉬운 것이었다.

하지만 컬러풀 스트러글이 워낙 잘됐기 때문에 불만은 수면 아래에서만 맴돌았다.

그 어떤 프로모션도 없이 현지 입소문만으로 빌보드 차트에 입성한다?

불가능한 일이니까.

그런 노래에다가 감히 뭐라고 할 수 있겠는가?

물론 엄밀히 따지자면 처음 블루스 포럼에 도널드 맥거스와의 즉흥 연주 영상을 올린 게 한시온이긴 했다.

심지어 자이온의 연주가 즉흥연주가 맞냐 아니냐도 한시온이 만들어 낸 논쟁이었다.

그리곤 인도 쪽 트래픽 업체를 통해서 이슈를 퍼트렸고.

그러니 순수한 입소문만으로 이룩한 성과는 아니다.

하지만 고작 이 정도 프로모션(프로모션이라고 부르기도 민망한)으로 빌보드에 입성하는 것 역시 불가능한 일이었다.

가장 큰 논쟁거리였던 '도널드 맥거스와 자이온 중 누가 더 잘했냐'는 한시온이 관여한 부분이 아니었다.

어쨌든 이런 사실을 모르는 이들에게 세달백일의 빌보드 입성은 순수한 노래의 힘이었다.

그러니 누가 감히 컬러풀 스트러글에다가 '아이돌 뮤직이 아니라서 아쉽다.'라고 말할 수 있을까?

이미 한국 음악 산업계의 성역이 되어 버렸는데.

이러한 불만이 다시 수면 위로 올라온 건, 세달백일의 활동 기사 때문이었다.

정확히는 그걸 본 타 팬덤의 견제 때문이었다.

[세달백일의 활동곡은? Colorful Struggle + 앨범 선공개 곡]

그동안 노이즈란 노이즈는 다 잡아먹는 세달백일을 거슬려 하는 이들은 많았다.

하지만 세달백일이 아이돌 산업에서 벗어나 있었기에 의외로 견제의 수위는 강하지 않았다.

돌판의 유명 빌런인 최대호에게 두들겨 맞고 있다는 것에 대한 동정표도 있었고.

한데, 세달백일이 음방 활동을 시작한다.

이 말은 곧, 이들이 아이돌 산업 안으로 들어온 경쟁자가 되었다는 것이다.

그것도 굉장히 위협적인.

컬러풀 스트러글은 너무 잘된 곡이라서 섣불리 공격했다간 일반 대중들의 역풍을 맞을 수도 있다.

그러니…….

-물 들어올 때 노 저을 줄은 아네.
-근데 그 배에 티티는 안 태우고 가나?ㅎㅎ
-응원법은 있을까?
-없지 않을까? 얘네가 하는 음악에 안 어울리잖아.
-나 같으면 눈치 보여서 음방 가서도 조용히 있을 듯;;
-근데 왜 굳이 아이돌을 하지? 좋은 의미로 그냥 알앤비? 하는 게 낫지 않나ㅎㅎ
-아마 선공개 곡도 그런 식일 듯?

물음표 살인마에 빙의해서 아이돌의 애티튜드를 건드리기 시작한 것이었다.

이건 타 팬덤의 입장에서는 정말 현명한 방법이었다.

세달백일을 견제할 수도 있으며, 자연스럽게 아이돌이 아니라는 포지셔닝도 할 수 있었다.

 이러면 성적으로 세달백일에게 밀려도 밑밥을 깔 수 있다.

 비아이돌 그룹과 비교를 해서 뭐하냐는 식으로.

 뻔한 수작질이었지만, 현명한 수작질이기도 했다.

 세달백일의 팬덤 입장에서는 뻔하지만 열받는다는 뜻도 됐다.

 반응해 봤자 의미 없다는 걸 알기에 다들 반응하지 않기로 다짐했지만, 쉽진 않았다.

-원하는 거 안 해 준다고 강요하는 것보다는 낫겠죠ㅎㅎ

-아 그게 강요?까지 해야 할 문제였나요?

 그렇게 일반 대중들은 절대 모를 총성 없는 전쟁이 과열될 때쯤.

 [혹시 저희의 활동 곡을 정해 주실 수 있을까요 T.T?]

 떡밥이 던져졌다.

 아니, 아직 떡밥인지 뭔지도 알 수 없지만, 활동곡이란 단어에 눈이 돌아간 것이었다.

'제발 레주메 정도만.'

'레주메면 충분해.'

'레주메 느낌에 적당한 퍼포먼스가 있는…….'

비슷한 생각을 하며 공홈으로 달려간 티티는 전체 알림의 출처가 〈투표 게시판〉이었다는 걸 확인했다.

혹시 정말로 활동곡을 골라 달라는 걸까?

컬러풀 스트러글 + 앨범 선공개 곡이라고 했으니까…….

'설마 앨범을 미리 듣나?!'

갑자기 가슴이 두근거리기 시작한 세달백일의 팬들이 투표 게시판의 첫 번째 게시글을 클릭했다.

게시글 안에 들어있는 건 음원이 아니라, 동영상이었다.

심지어 유튜브의 링크 같은 것도 아니고, 자체 업로드다.

'트래픽이 버티나?'

몇몇은 그런 생각을 했지만, 아무 문제도 없었다.

깔끔히 재생되는 영상 속 배경은 연습실로 보였고, 세달백일 멤버 다섯이 카메라를 응시하며 서 있었다.

그렇게 노래를 부르는데…….

'엥?'

너무 익숙한 노래다.

컬러풀 스트러글.

한시온의 기타로 시작되는 컬러 쇼에서 선보였던 인트로만 빠졌을 뿐, 달라진 게 하나도 없다.

심지어 춤도 안 춘다.

멀뚱히 서서 다섯 명이서 노래를 부르는데, 무슨 아카펠라 그룹 같다.

물론 그 노래의 수준은 굉장했지만.

그 사이 팬들이 고개를 갸웃했다.

분명 활동 곡을 골라 달라고 했는데, 컬러풀 스트러글이 왜 나온단 말인가.

혹시 다른 곡을 올려야 하는데 실수를 한 걸까?

아니면 무슨 장치가 숨겨져 있나?

혹시 몰라서 영상을 끝까지 시청했지만 달라지는 건 없었다.

그냥 컬러풀 스트러글이었다.

그렇게 첫 번째 게시글의 영상이 끝나는 순간, 스마트폰 화면이 깜빡였다.

자동으로 두 번째 게시글로 화면이 넘어간 것이었다.

이번에도 동영상이었고, 이번에도 같은 연습실 배경이었다.

뭐가 뭔지 몰라도 일단 팬들은 다시 영상에 집중했다.

한데, 이번에도 똑같은 컬러풀 스트러글이었다.

똑같은 대형으로 서 있는 세달백일이 똑같은 노래를 시작한다.

노래의 첫 마디를 들은 팬들은 그쯤해서 운영상의 실수, 혹은 어플의 오류라고 생각했다.

이미 활동 곡으로 결정된 컬러풀 스트러글을 투표 게시판에 올릴 이유도 없고, 똑같은 동영상을 두 개나 올릴 이유도 없다.

그렇게 맥이 빠진 팬들이 어플을 종료하려는 순간이었다.

갑자기 원곡에서는 들을 수 없었던 낯선 소리가 들려왔다.

탁-!

꼭 전등의 스위치를 거칠게 누르는 것 같은 소리였다.

그 순간, 화면을 비추던 조명이 한층 어두워졌다.

동시에 세달백일의 목소리가 씻은 듯이 사라지며, 홀로 남은 비트가 적막을 채웠다.

그사이, 귀가 좋은 이들은 비트가 묘하게 느려졌다는 생각을 했다.

틀린 말은 아니었다.

하지만 정확한 표현으로는 비트가 느려진 게 아니라, 음정이 낮아진 것이었다.

탁-! 탁-! 탁-!

스위치 소리가 비트에 맞춰 리드미컬하게 들려온다.

그럴 때마다 화면은 어두워졌고, 비트의 음정은 낮아졌다.

이윽고 모든 사람이 느낄 만큼 느릿해진 비트가 둔탁하게 흘러나온다.

그때 라디오의 노이즈 같기도 하고, 무선기의 주파수 잡음 같기도 한 묘한 소리가 비트에 끼어든다.

지지직.

동시에 느리고 둔탁하던 비트에 변화가 일어났다.

로파이(Lo-Fi).

일부러 음질을 열화시켜 귀에 감기는 느낌을 내는 장르이지만, 실제 로파이 씬에서는 음질의 수준보다는 느낌이 더 중요했다.

음정 하나하나 음계 하나하나 깔끔하게 꽂힌 샌님의 사운드가 아니라, 넥타이를 거칠게 풀어헤친 도시 이면의 사운드.

이런 면에서는 컬러풀 스트러글 원곡과 가장 대칭점에 서 있는 장르이기도 했다.

컬러풀 스트러글은 모든 걸 계산하고 쌓아올린 금자탑이었으니까.

'……!'

내적 비명을 지르며 영상에 집중하고 있던 세달백일의 팬덤은 본능적으로 느꼈다.

비트는 완성되었다.

이제 뭔가 큰 게 온다.

그 순간.

팟!

어슴푸레한 형체만 분간될 정도로 어두워져 있던 화면이 일순간에 환해졌다.

하지만 밝다기보다는 요사하다.

붉은 기가 맴도는 조명 아래 품이 크고 낡은 스트라이프 정장을 입은 세달백일로부터 뿜어지는 느낌이 그렇다.

그때 이이온이 한 걸음 다가오더니 혀로 입술을 핥으며 물었다.

[...Did you rock it?]

쾅!

포탄이 떨어지는 소리와 함께 마지막 남은 이성을 끊어버리겠다는 듯, 거친 신스음이 터져 나왔다.

그렇게 세달백일의 군무가 시작되었다.

＊　＊　＊

 24시간 동안 진행됐던 투표가 끝이 났다.
 '활동 곡을 골라 달라는 게…….'
 '컬러풀 스트러글의 버전을 물어본 거였어?!'
 결과는 뻔했다.
 6% 대 94%.
 두 번째 곡의 승리.
 하지만 이건 단지 두 번째 곡이 아이돌 뮤직이라서는 아니었다.
 컬러풀 스트러글이 어떤 성과를 이룩한 곡이던가?
 어설프게 변형했다가는 이도 저도 아니게 된다.
 하지만 편곡은 완벽했다.
 록 기반의 컨템포러리 R&B가 완벽한 로파이 칩멍크 소울로 바뀔 수 있다는 게 신기할 정도다.
 위화감이 전혀 없었으니까.
 그러면서도 원곡의 멜로디를 그대로 가져갔고, 보컬 라인도 크게 건들지 않았다.
 즉, 원곡의 뛰어남을 훼손하지 않으면서도 신선함으로 무장했다는 것이었다.
 이건, 먹힌다.
 물론 세달백일의 팬덤이 음악적 견해와 지식을 통해서

이런 결론을 내린 건 아니었다.

애초에 어떤 곡을 듣자마자, 이건 어떤 기법이 쓰인 어떤 장르라고 파악하는 건 쉬운 일이 아니다.

그게 한시온처럼 온갖 장르와 기법을 모두 섭렵한 고인물이 만든 곡이라면 더더욱.

그뿐만이 아니라, 이 곡이 대중 픽이 될지도 모르겠다.

가능성이 높아 보이긴 한다.

컬러풀 스트러글의 유명세에다가 편곡적인(단지 편곡이라고 표현해도 되는지 모르겠지만) 신선함까지 더해졌으니까.

하지만 대중의 취향을 저격하는 건 음악의 수준이나 실력만으로 할 수 있는 게 아니다.

그러니 티티가 '이건 먹힌다'고 결론을 내린 건, 아이돌 판에서의 이야기였다.

뭘 어떻게 바꿨는지도 모르겠고, 대중들한테 어필할 수 있을지도 확신할 수 없다.

하지만 분명히 아이돌 시장에서는 먹힌다.

덕후의 감성이 꿈틀거리니까.

심지어 덕후 감성을 자극하는 게 전혀 안 그럴 것 같던 세달백일이 아니던가?

완벽한 반전을 만들어 낼 게 분명했다.

'아, 씨. 유출 안 되면 좋겠다.'

'티티 말고는 아무도 몰랐으면 좋겠는데.'
'활동 시작하면 난리 날 것 같은데?!'
덕분에 세달백일의 찐팬들은 마치 짜기라도 한 것처럼 입을 다물어 버렸다.
타 팬덤이 아이돌스럽지 않다고 긁으면……

-세달백일이 잘하긴 하지만, 아이돌스러운 건 좀 창피? 싫어? 하는 것 같던데…
-ㅎ
-왜 웃음?
-ㅋㅋ
-별;

귀여워해 주려고.
하지만 이 같은 상황에 크게 당황한 이도 있었다.
'왜, 왜 유출이 안 되지……?'
유출 마케팅을 준비 중이었던 한시온이었다.

* * *

기를 쓰고 유출을 막고 있던 범인(?)은 우리의 공홈과 어플을 만들어 준 개발사 〈에이엔비 엔진〉의 강 대표님이었다.

'아이돌 활동 곡이 사전에 유출되면 안 되지! 절대!'

이런 각오로 장판파의 장비에 빙의해 온갖 종류의 유출 시도를 막아 내고 있던 것이었다.

솔직히 좀 당황스럽다.

아무리 우리의 공홈이 오픈 소스를 최대한 지양한 자체 플랫폼이라고 해도, 유출 시도를 다 막는 건 불가능하다.

아니 불가능하다고 생각했었다.

하지만 아니었다.

대체 어떻게 하면 우회 루트의 화면 녹화까지 전부 막을 수가 있는 거지?

어쩌면 난 온라인 강의 업계에 꼭 필요한 인재를 빼돌린 게 아닐까?

수익 분배 때문에 양석훈 강사와 통화를 한 적이 있는데, 화면 녹화 때문에 골머리를 앓던데.

어쨌든 에이엔비 강 대표님의 능력이 내 계획을 방해하고 있는 것도 사실이었다.

결국 난 강 대표에게 내 계획을 살짝 귀띔해 줄 수밖에 없었다.

그리고 이번 영상이 빠르게 유출이 되면 좋겠다는 의견도 전했다.

-그러면 제가 방해를……?

수화기 너머 강 대표의 목소리가 떨려 오길래 그건 아니라고 말해 줬다.

사실 이 정도로 유출을 막을 수 있다는 확신이 있으면 우린 더 많은 것을 할 수 있다.

이번만 특수 상황이었을 뿐이다.

-아, 그런 거라면 다행이네요.

"근데 대체 어떻게 유출을 다 막으신 겁니까? 그게 가능해요?"

-열심히 막긴 했는데, 생각보다 시도가 많진 않았어요. 전문적인 놈들이 몇몇 붙어서 그렇지.

"그런가요?"

-네. 막말로 동영상 틀어 놓고 스마트폰으로 찍어 버리면 그건 어떻게 할 수가 없는 거잖아요?

"그죠."

-근데 그러면 세달백일의 멋진 모습이 제대로 담기지 않으니까, 팬들이 하지 않는 것 같던데요?

글쎄, 그건 너무 희망찬 해석이 아닐까?

차라리 세달백일이 생각보다 인기가 없다고 판단하는 게 맞을 것 같다.

아니면 팬클럽에 허수가 많던가.

난 그런 생각을 하며 우리가 왜 유출을 원하는지를 설명해 줬다.

원래 개발자한테 일을 시킬 때는 근본적인 사고에 대해서 잘 설명을 해 줘야 한다.

그렇지 않으면 사고가 난다.

음……. 오랜만에 나이가 좀 티 났나?

아무튼 내가 유출을 원하는 이유는 간단했다.

우린 애초에 활동 곡을 컬러풀 스트러글의 케이팝 버전으로 가져갈 생각이었다.

원래는 제목도 바꾸고, 가사도 완전히 한국어로 개사할 예정이었다.

하지만 원곡이 빌보드 차트에 오른 이상, 리믹스를 발매하는 게 더 이득이다.

빌보드는 리믹스의 기록까지 원곡에 합산해 집계하니까.

케이팝 리믹스가 발매될 때까지 오리지널 버전이 빌보드에서 버텨 준다면, Hot 100의 끄트머리를 노려 볼 수도 있다.

물론 현재 시점에서 억지로 빌보드를 노릴 이유는 없다.

오히려 국내 활동에 집중을 해야 할 때지.

하지만 기회가 왔을 때 전략을 세워서 도전해 보지 않을 이유도 없다.

이런 상황에서 유출을 기다리고 있던 건, 컬러풀 스트

러글이 지나치게 잘됐기 때문이었다.

대중들에게 원곡의 그림자가 너무 짙다.

그러니 케이팝 리믹스가 나오면 본능적으로 거부 반응을 느끼는 이들이 있을 수도 있다.

사람들은 처음 접하는 생소함보다, 잘 알고 있다고 생각했던 게 생소해지는 걸 더 싫어한다.

셀 수 없는 세월 동안 셀 수 없는 음악을 발매하면서 경험한 부분이다.

그래서 유출을 통해 거부감을 완화시키고 싶었다.

유출이란 키워드는 자극적이니까, 케이팝에 관심이 없더라도 한 번쯤 듣고 싶을 거거든.

심지어 곡을 듣지 않더라도 '세달백일이 케이팝 버전으로 컬러풀 스트러글을 부르더라'라는 정보만 퍼져도 충분하다.

음원 성적에서 손해를 볼 가능성은 있겠지만, 어차피 이번 활동의 메인은 선공개 곡이다.

그때 수화기 너머의 강 대표가 당황한 목소리로 말했다.

-저, 저한테 이런 이야기를 해 주셔도 됩니까? 굉장히 민감한 부분 같은데…….

뭐라는 거지.

내가 말을 안 하면 영원히 유출을 막을 것 같은 각오를 보여 줘 놓고선.

하지만 이렇게 말할 순 없지.

"강 대표님을 굳게 믿으니까요. 아이돌에게 공홈은 고향이고, 강 대표님은 그 고향을 만들어 주신 분입니다."

-시, 시온 씨······.

그냥 립 서비스였는데, 왜 이렇게 감동하지?

-어떤 수준의 유출을 원하십니까? 말씀만 하시죠.

"혹시 목소리만 고음질로 유출할 수 있습니까?"

-영상은 아예 빼고요?

"네. 그냥 검은 화면으로 나오는 게 좋겠네요."

-쉽습니다. 바로 조치하도록 하겠습니다. 아주 자연스럽게.

"참, 제가 일전에 공연 티켓 드린다고 했는데, 어쩌다 보니까 공연 일정이 한참 딜레이되었네요. 죄송합니다."

컬러풀 스트러글이 빌보드에 오를 거라고는 예상하지 못했으니까.

도널드 맥거스와의 영상을 이슈화시킨 게 나긴 하지만, 그건 그냥 컬러 쇼 조회 수를 위함이었다.

한국에서만 잘되고, 본토에서 무시받는 모양새는 좀 별로니까.

하지만 이 덕분에 빌보드에 올랐고, SBN 음악방송을 뚫어 버렸다.

그래서 일정이 바뀌었다.

원래는 몇 번의 공연 후 엠쇼의 음악 방송을 뚫어 낼 계획이었다.

-그걸 기억하고 있었습니까?

"당연히 기억해야죠. 늦더라도 공연 일정이 잡히면 꼭 연락드리겠습니다."

-……감사합니다. 사실 회사를 접을까 말까 고민하고 있었는데, 시온 씨가 기회를 줘서 요즘은 정말 많은…….

딱히 내가 도와주지 않았어도 성공할 회사인데, 너무 감동해 있는 것 같다.

약간 IT 업계의 이현석 같은 느낌이 나는 것 같기도 하고?

* * *

"됐군."

최대호가 고개를 절레절레 저으며 읽고 있던 보고서를 내려놓았다.

커밍업 넥스트의 기획부터 함께했던 박 팀장이 움찔하며 보고서를 챙겼다.

"방송 스케줄은 예정된 것만 소화해. 추가로 잡진 말고."

"알겠습니다. 그럼 규모 좀 있는 행사와 공연 위주로 추가 스케줄을 잡아 볼까요?"

"그래. 너무 짜치지 않는 걸로."

그렇게 말한 최대호가 턱을 쓰다듬었다.

평온을 가장하고 있긴 하지만, 속이 쓰리다.

테이크씬은 예능 프로그램을 만들면서까지 야심차게 준비했던 팀이다.

잘될 자신이 있었고, 잘돼야만 했다.

하지만 결과는 어떠한가?

처참하다.

아직 수확이 아니라 투자를 할 때라는 걸 감안해도, 지나친 손해다.

사실 볼륨이 작아서 그렇지 테이크씬의 데뷔 지표는 꽤 훌륭하다.

팬덤의 밀집도나 방향성도 적절하고, 음원, 뮤직 비디오, 무대에 대한 반응도 좋다.

중간중간 출연한 예능에서도 신인답지 않은 활약을 해내며 긍정적인 평가를 받았다.

그래서 오히려 해외 지표가 좋았다.

해외의 케이팝 팬들은 국내 사정에 민감하지 않으니, 오롯이 테이크씬만 본 것이다.

하지만 이걸 반대로 뒤집으면 테이크씬이 무참히 묻혀

버린 이유도 알 수 있었다.

세달백일.

아니, 한시온.

이슈를 다 잡아먹은 것도 문제지만, 테이크씬과 이미지가 묶여 있는 게 더 큰 문제다.

테이크씬이 가해자라면 세달백일은 피해자고, 테이크씬이 패자라면 세달백일은 승자다.

테이크씬의 버즈량에서 세달백일과 관련된 부분을 소거하면, 긍정적인 이미지밖에 없었다.

문제는 그렇게 되면 버즈량이 말도 안 되게 줄어 버리지만.

이러한 데이터가 뜻하는 바는 명확하다.

테이크씬이 살아나기 위해서는 세달백일을 없애야 한다.

경쟁해야 하는 게 아니라, 죽여야 한다.

"박 팀장."

"예."

"어떻게 할 거야?"

"온새미로 부모 쪽을 긁어 보고 있긴 한데, 오히려 너무 막장이라서 컨트롤이 좀 어렵습니다."

"내가 지금 그런 소리나 듣고 싶은 것 같아?"

"……죄송합니다."

"한시온 부모와 관련된 자료, 많이 모았지?"

"예."

"테이크씬 활동 종료하자마자 터트리면 티가 나니까……. 그래, 세달백일 음방일에 터트려. 음방 직후 기사가 나가도록."

한시온은 부모와 함께 사고를 당했지만, 부모만 식물인간이 됐다.

스토리가 이게 끝이라면, 불운한 사고일 뿐이다.

하지만 한시온은 변호사를 고용해서 재산을 물려받았다.

그것도 대한민국 법조계에서 원투를 다투는 초대형 로펌의 에이스를 고용해서.

왜냐고?

원래는 부모의 재산이 친척들에게 갔어야 하니까.

이게 스무 살짜리 어린애가 떠올릴 수 있는 발상일까?

설령 떠올릴 수 있다고 해도 사고 직후 기민하게 움직인 게 말이 되나?

혹시 한시온이 의도적으로 사고를 터트린 건 아닐까?

최대호는 언론을 통해서 이런 의혹을 만들어 낼 생각이었다.

물론 논리 구조가 탄탄한 스토리는 아니었다.

하지만 자극적이다.

너무나 자극적이어서 대중들이 한입 베어 물지 않고는 못 버틸 정도로.

한시온이 아무리 대단한 놈일지라도 여기서는 못 빠져나온다.

솔직히 이건 최대호도 망설이고 있던 최후의 수단이었다.

한시온을 망가트릴까 봐 망설인 건 아니고, 최지운 변호사가 무서워서다.

초대형 로펌의 에이스이자, 혈족 중에 전관이 아닌 사람을 찾아보기가 힘든 법조계 집안의 독남.

자칫하면 그런 이가 자신에게 앙심을 품을 수도 있다.

이슈가 터지면 언론에서 최지운이라고 가만 둘 리가 없으니까.

게다가 이번 이슈는 너무 자극적이라서 어디로 튈지 예측할 수 없다.

재수 없으면 커밍업 넥스트나 라이언 엔터도 역풍을 맞을 수가 있고.

그럼에도 불구하고 강행해야 한다.

이대로라면 몇십억을 태워서 만든 테이크씬이 휴지 조각이 될 판국이었다.

리스크를 감수하더라도 세달백일을 짓밟아야 했다.

"한시온, 그놈이 눈치채면 안 되니까……. 온새미로 부모라고 했나?"

"네, 그렇습니다."

"그쪽을 잘 이용해서 시선 좀 분산시켜 봐. 음방이다, 멤버 가족이다, 뭐다 하면 정신없겠지."

"알겠습니다. 한시온의 이야기는 어떤 채널을 통할까요? 보도국으로 뛰면 라이언 엔터와의 연결 고리가 남을 수도 있습니다. 프리랜서는 스피커가 좀 약할 수도 있고요."

하지만 최대호는 대답하지 않았다.

그저 박 팀장을 가만히 쳐다보다가 웃으며 말했다.

"자네 능력을 믿겠네."

최대호도, 박 팀장도, 닳고 닳은 사회인들이다.

최대호가 뱉은 말의 의미는 '내가 지시한 일이 아니다'라는 것이었다.

혹시 일이 잘못 전개된다면, 전부 박 팀장이 뒤집어써야 한다.

하지만 어쩌겠는가?

"알겠습니다."

고개를 끄덕일 수밖에.

그렇게 최대호가 가지고 있는 최후의 화살이 한시온을 겨냥했다.

활시위를 놓는 순간은, 세달백일의 음방일이었다.

* * *

-이게유출?이게유출?이게유출?이게유출?이게유출?
-와 진짜 말도 안 된다.
-ㅠㅠㅠ우리 애들은 아이돌에 진심이라구요ㅠㅠㅠㅠ
-힙시온쉑ㅋㅋㅋ 그냥 힙한 거 하면 오히려 뻔할까 봐 한 바퀴 돌려서 힙해졌네ㅋㅋㅋㅋ
-이 말이 맞다ㅇㅇ
-아니 근데 어떻게 이렇게 바꾸지? 진짜 천재 아니냐.
-ㅎㅎ안무 영상 보면 다들 뒤집어지실 듯.
-안무 영상은 어디서 봐요?
-공홈에 있어요!
-공홈이 뭐야.
-공유기 홈 네트워크.
-?????

난 대중들이 컬러풀 스트러글의 케이팝 리믹스에 거부 반응을 보일 줄 알았다.
분명 그랬는데······.

조회 수 2,420,139.

이백만의 조회 수를 기록한 유출 영상에 달린 댓글은 칭찬뿐이다.

"……."

이러면 유출이 필요 없었던 건가?

혹시 난 바보짓을 한 걸까.

괜히 음원 순위만 까먹는.

"시온아, 표정이 왜 그래?"

속상하다.

그런 감정을 느끼다가 놀랐다.

원래 난 앨범 판매량을 제외한 성과에 별다른 감흥을 느끼지 못하는 사람이다.

심지어 싱글 음원도 그렇다.

음원이 잘되면 기분이 좋지만, 그게 앨범과 무관한 싱글이라면 오히려 짜증이 날 때도 있다.

싱글에 쏟아지는 버즈량과 관심이 아깝고, 그게 전부 앨범에 몰렸으면 좋겠어서.

바보 같은 생각이란 걸 알지만, 사람 감정이 뜻대로 되는 건 아니다.

특히 난 감정의 둑이 한 번 터지면 주체가 안 되는 회귀자니까.

한데 내가 리믹스 음원의 순위를 걱정하며 아쉬워하고 있다니…….

좀 낯설다.

하지만 그 낯섦이 싫진 않았다.

마치 한 번뿐인 인생을 살아가는 기분이라서.

그때 저 멀리서 엉거주춤 다가오는 최재성을 보고는 피식 웃음이 새어 나왔다.

내 웃음을 본 최재성의 입술이 댓 발 튀어나온다.

"왜 웃어요."

"잘 어울려서."

"간지러워서 죽을 뻔했거든요?"

"그러니까 누가 가위바위보를 지래?"

"크악!"

좀비 분장을 한 최재성이 좀비 흉내를 냈지만 하나도 안 무섭다.

소리를 듣고 다가온 멤버들이 한마디씩 보탰다.

"와, 생각보다 리얼하다."

"만져 봐도 돼?"

"분장하는 데 얼마나 걸렸어?"

멤버들의 목소리 톤이 높다.

얼굴도 발갛게 상기된 게, 흥분 상태인 것 같다.

왜냐하면, 우린 안양예술공원에서 뮤직비디오를 촬영 중이었으니까.

아니, 촬영 대기 중이라고 해야 하나?

난 지겹도록 경험한 일이지만, 세달백일 입장에서는 첫 번째 뮤직비디오 촬영이다.

커밍업 넥스트에서 발매한 곡들의 뮤직비디오는 전부 메이킹 필름이었으니까.

다들 신기하고 즐거운 모양이다.

그런 생각을 하고 있는데, 오늘 촬영을 총괄할 MV 감독이 다가왔다.

촉박한 일정 탓에 현장에 도착해서도 인사를 하는 둥 마는 둥 하고는 사라졌었다.

"제가 듣기로 다들 뮤직비디오 촬영이 처음이라던데, 맞나요?"

"맞습니다."

"쉬…… 입지 않겠네요."

방금 욕하려던 것 같은데?

뮤직비디오를 준비하면서 다시 한번 느낀 게 있다면, 역시 돈이 최고고, 다음으로 빌보드가 최고라는 것이다.

둘 중 하나라도 없었으면 이 말도 안 되는 일정에 맞춰 실력 있는 촬영팀을 못 구했을 것 같다.

안양예술공원 촬영 허가도 빌보드 덕분에 받았고.

"촬영 시작하겠습니다!"

그렇게 우리의 첫 번째 뮤직비디오 촬영이 시작되었다.

* * *

 이제는 완전히 세달백일을 본진으로 삼은 최세희는 하릴없이 인터넷을 뒤적였다.
 아니, 정확히 말하자면 할 일이 없진 않다.
 떡밥이 없는 거다.
 떡밥만 있으면 무궁무진한 일을 할 수 있으니까!
 '2주 전이 좋았지.'
 컬러풀 스트러글이 빌보드에 막 올랐을 때가 좋았다.
 멤버들이 공홈과 공계에 주기적으로 비공개 컷들을 방출하고, 수시로 소통했으니까.
 최재성이 형들 몰래 컬러 쇼 연습 당시 삑사리를 내서 부끄러워하는 온새미로, 이이온, 구태환의 영상을 공유하기도 했다.
 단 10분 만에 발각당해서 무릎 꿇고 두 손을 들고 있는 사진이 올라왔지만…….

 [언젠간 제가 시온 형의 음 이탈도 검거해 내겠습니다(돋보기 이모티콘)!!]

 최재성은 전혀 기죽지 않았다.
 하지만 그 무엇보다 팬들을 설레게 만든 떡밥은 LA의

놀이공원 식스 플래그에서 찍은 사진들이었다.

한시온의 개인 팬에 가까운 최세희였지만, 미국식 핫도그를 와앙 먹고 있는 이이온(그 얼굴로)이나 회전목마를 타고 있는 구태환(그 얼굴로)은 재밌었으니까.

다섯 명이 다 함께 가족 놀이기구를 타는 모습은 정말 친해 보였고.

하지만 대 떡밥의 시대가 끝나자, 대 빈곤의 시대가 찾아왔다.

음방 일정이 공개된 이후 2주 동안 아무것도 올라오지 않는다.

사막의 오아시스처럼 컬러풀 스트러글의 케이팝 리믹스가 올라오긴 했지만, 딱 그거뿐이었다.

이미 나노 단위로 핥고 핥아서 눈을 감고도 영상을 재생할 수 있을 정도다.

물론 티티는 세달백일이 첫 번째 공식 활동을 위해 연골을 갈아 넣는 노력을 하고 있을 거라는 걸 알고 있었다.

하지만 그래도 아쉬운 건 아쉬운 거다.

이미 공개된 케이팝 스트러글(컬러풀 스트러글 케이팝 버전)의 연습 영상이라도 올려 줄 수 있는 게 아닐까?

"떡밥……."

가오나시에 빙의한 것 같은 최세희가 중얼거리고 있을

때였다.

지잉.

스마트폰 화면으로 유투브 알람이 떠올랐다.

구독한 채널이 제법 있으니 하루에도 여러 번 있는 일이지만.

"……!"

이번엔 특별하다.

새하얀 배경에 크기가 다른 딥 블루의 원 3개가 불규칙하게 교차되어 있는 심볼.

세달백일 오피셜 채널 프로필.

지난 2주간 똑같은 착각을 백 번도 넘게 했지만, 이번엔 진짜다.

그리고 영상의 정체는.

[세달백일 - 'State of mind' Official Teaser 1/6]

티저였다.

"헙!"

자리에서 벌떡 일어난 최세희가 후다닥 컴퓨터 앞으로 달려가며 머리를 가동했다.

State of mind.

처음 듣는 노래 제목이다.

그렇다는 건, 이게 케이팝 스트러글 외의 또 다른 활동곡이란 뜻이다.

게다가 'Teaser 1/6'도 의미심장하다.

티저가 원곡의 육분의 일이라는 뜻일까?

아니, 그건 너무 이상하잖아.

그렇다면 설마 티저가 여섯 개나 나온다는 뜻?!

'어, 근데 세달백일은 다섯 명인데?'

잘 모르겠다.

하지만 뭐가 됐든 즐길 준비는 끝났다.

그사이 천 년처럼 느껴지던 컴퓨터 부팅이 끝나고, 최세희는 경건한 마음으로 유튜브에 접속했다.

그리곤 제법 가파른 기세로 오르고 있는 조회 수를 흐뭇하게 봐 주고는 영상을 클릭했다.

티저의 시작은 화마(火魔)였다.

타다다닥 불타오르는 나무.

불꽃 속에서 소리 없이 무너지는 목조 건물들.

사방으로 튀어오르며 화면을 어지럽히는 수많은 불씨.

슬로우&패스트 기법으로 조명하던 화면 너머에서 총과 대포 소리가 들리고, 사람들의 비명과 고함이 아스라이 번진다.

그 순간, 화면이 확장된다.

동서남북.

어느 곳 하나 멀쩡한 곳이 없었다.

전쟁…….

아니면 내란이나 반란의 한복판으로 보이는 목조 건물 가득한 산기슭.

달빛이 내려앉을 시간임에도 온 세상을 태우는 거친 불길로 인해 을씨년스럽게 환한 곳.

그 모든 것을 배경으로…….

가면을 쓴 한 남자가 서 있었다.

[…….]

큰 키와 길쭉한 팔다리.

아수라장을 뚫고 나온 듯, 그을리고 찢어진 스트라이프 양복.

달빛마저 내려앉지 못할 것 같은 새하얀 가면.

그 순간.

휘이이이이익-

어디선가 가늘고 긴 휘파람 소리가 들려왔다.

화마와 비명으로 가득한 공간을 위로하는 것처럼 서늘하고, 느릿하고, 애절한 장음의 휘파람.

소리는 끊길 듯 끊이지 않았고, 사라질 듯 사라지지 않았다.

오히려 점차 존재감을 드러내는 것 같더니.

쿵!

드럼의 첫 박이 들어오는 순간, 선명한 멜로디로 바뀌었다.

🎵♪♪♪♪~

강렬한 드럼.

선명하지만 지저분한 멜로디.

끈적하고 강렬한 보컬로 내뱉는 진솔한 가사.

랩과 보컬의 경계를 흐트러트리고 오직 청자의 청각적 쾌감을 자극하는.

포스트 하드코어 록의 영향을 받아 탄생해, 서던의 영향을 받은 멈블의 형제라고 여겨지는.

이모(Emo) 힙합.

사운드가 화면을 가득 채우는 순간, 남자가 새하얀 손을 들어서 가면을 벗었다.

이이온이었다.

가면을 벗어 던진 이이온이 비트에 맞춰서 춤을 추기 시작했다.

팔다리를 크게 쓰면서도 박자를 잘게 쪼개고, 박자에

딱딱 맞는 슬라이드에 맞춰 카메라가 워킹한다.
 8초가량의 독무 이후 이이온의 입이 열렸다.

 [홀로- 외따로-]

 그 순간, 카메라가 휙 하늘로 향하며 밤하늘에 뜬 3개의 달을 비추며.

 ⟨See you next time⟩

 자막과 함께 티저가 끝이 났다.
 "헉."
 최세희가 뒤늦게 현실을 자각하고는 가쁜 숨을 내뱉었다.
 티저를 보고 있다는 생각이 들지 않았다.
 무슨 예술 영화를 보고 있는 줄 알았다.
 사실 세달백일이 성공적으로 인지도를 쌓고 대중들의 호감 라인에 안착한 것은 사실이지만, 아직 수익이 많진 않다.
 그나마 음원 수익으로 벌어들인 돈도 팬 키트에 투자했고.
 그러니 첫 번째 뮤직비디오에서 돈 냄새가 날 거라고

생각하는 사람은 별로 없었다.

아니, 애초에 뮤직비디오를 찍긴 하는지에 대한 의구심이 더 많았다.

한데 영상의 퀄리티가 장난이 아니다.

배경 스케일이나 카메라 구도 같은 게……

'아, 몰라.'

어떻게 설명해야 할지 모르겠다.

그냥 다 뿌셨다.

온 세상 사람들에게 티저를 시청시키고 자간 0%에 글자 크기 10포인트로 A4 100장짜리 감상문을 받아야 할 것 같다.

휘파람이 비트로 이어지는 순간 소름이 돋았고, 이이온이 가면을 벗는 순간 소리를 질렀다.

화마와 달빛이라는 상반된 배경을 두고 춤을 출 때는 정신을 잃을 뻔했다.

뿐만 아니라 그을리고 해져서 살갗이 보이지만 핏은 완벽한 의상은 어떠한가?

만약 티저의 주인공이 한시온이었다면 정신을 잃었을 거다.

'근데 왜 이이온만 나와?'

이런 식의 티저가 없는 건 아니지만, 그러면 보통 등장인물이 누구인지 정확히 알 수 없게 한다.

가면을 벗지 않고 춤을 추면 딱이다.
역시 티저가 여러 개라는 뜻일까?
그런 생각을 하며 댓글을 보려는데, 끝난 줄 알았던 티저 화면에서 뭔가가 떠오른다.
3개의 달 아래로 살랑살랑 흔들리던 'See you next time' 위로 굵은 실선이 쭉 그어진다.

See you next time

잘못 쓴 글씨를 지워 버리는 효과.
이윽고 떠오르는 새로운 자막은.

See you in an hour, TT

"?!"
영어가 그렇게 능숙한 편은 아니지만, an hour가 뭔지는 안다.
한 시간 뒤에 보자는 게 아닌가?
아니나 다를까 댓글 창을 내려 보니 영어 능력자들이 똑같은 소리를 하고 있다.
그뿐만이 아니었다.

-저 의상! 케이팝 스트러글 투표 영상에 입고 있던 거!!

머리에 번쩍 번개가 내리친다.
맞다.
공홈에서 진행했던 컬러풀 스트러글 버전 투표에서 입고 있었던 스트라이프 정장이다.
'뭐지? 시간선이 연동되나? 아니면 컬러풀 스트러글도 뮤비가 나와?'
온갖 상상이 떠오른다.
댓글 창을 보니 어그로성 댓글도 많지만, 티저를 충실히 해석한 댓글도 많다.

-하늘에 3개의 달이 있다는 건 세달백일의 이름을 의미한다기보다는 현실이 아닌 다른 차원으로 생각하는 게…….

해석본 아래 의견이 분분하다.
하지만 티저를 시청한 대부분의 사람들이 댓글에 제대로 집중하지 못했다.
한 시간 뒤가 너무 궁금해서 자꾸 시계만 보게 되는 것이었다.

그렇게 한 시간이 지났을 때.

[세달백일 – 'State of mind' Official Teaser 2/6]

"……!"
진짜 영상이 올라왔다.
이로써 확실해졌다.
티져 영상이 여섯 개라는 걸.
아마도 멤버별로 찍은 것 같은데, 최세희가 알고 있는 세달백일은 그렇게 단순한 이들이 아니다.
분명 어떤 장치가 숨겨져 있을 것이다.
최세희는 곧장 두 번째 티저를 재생했다.
두 번째 티저의 주인공은 한시온이었다.
티저의 시작은 똑같았다.
화면을 가득 채우는 화마.
하지만 첫 번째 티저와 달랐던 건, 조금 더 지엽적인 장면을 보여 줬다는 것이었다.
불길에 무너지는 목조 건물에서 허겁지겁 **빠져나가는** 정체불명의 사람들을 보여 주는데…….
'한복?'
그을음 때문에 멀끔하진 않지만, 알록달록한 색감의 한복을 입고 있다.

무복과 주립(무관들이 쓰던 모자)을 착용한 이들이 도망치는 인원을 통솔하다가 화마에 휩쓸리는 모습도 보인다.

그 사이에 한시온이 있었다.

이이온과 똑같은 정장을 입은 한시온이 달려 나갔다.

하지만 한시온이 달리는 방향은 도망치는 사람들과는 달랐다.

그들은 불길을 피하고 있지만, 한시온은 불길 속으로 달려 나갔다.

와르르 무너지는 건물이 슬로우 모션으로 보이고, 한시온이 몸을 날렸다.

불길에 집어삼켜진 것 같았지만, 아니었다.

이윽고 한시온이 엉금엉금 기어가서 무언가를 잡았다.

이이온이 쓰고 있었던 새하얀 가면이었다.

하지만 기묘했다.

이토록 불길이 쏟아지고, 불똥이 튀는데도 가면에는 그 어떤 화마의 흔적도 묻어 있지 않았다.

그렇게 한시온이 손에 든 가면을 가만히 내려다보는데…….

휘이이이이익-

어디선가 가늘고 긴 휘파람 소리가 들려왔다.

흠칫 놀란 한시온이 불길에 무너져 가는 건물 사이의

밤하늘을 올려다본다.

그리곤 가면을 쓰고는 달려 나가기 시작했다.

역동적으로 달리는 한시온의 모습이 점차 느려지고, 의식이 확장되듯이 3개의 달 아래 불타는 건물을 전지적 시점으로 보여 주었다.

그 순간.

화르르륵!

거대한 불길이 형태만 남아 간신히 버티고 있던 건물을 집어삼켰다.

[……]

고요함.

그리고 정적.

그 사이에서 뭔가 들리는 것 같다는 착각이 들 때쯤.

♬♪♪♪♪

멜로디가 피어오른다.

어느새 전환된 화면은 화마에 휩쓸린 숲과 건물을 배경 삼아 달빛이 내리쬐는 공터였다.

이이온이 서 있던 그곳.

거기 도착한 한시온이 손을 들어서 가면을 벗었다.

그리곤 춤을 추기 시작했다.

마찬가지로 8초가량의 독무였다.

하지만 이이온이 췄던 춤과 같으면서 묘하게 달랐다.

똑같은 동작을 가져가는 것 같지만, 한시온의 춤이 주는 동작의 포커스는 하체에 맞춰져 있었다.

하지만 뭐가 됐든 소름끼치게 깔끔하고, 아름다운 춤이었다.

그동안 한시온의 춤에 대해 별다른 생각이 없었던 케이팝 팬들이 깜짝 놀랄 정도로.

[Mmm- Emnnm-]

가사 없는 묘한 허밍이 한시온의 입에서 피어나오는 순간.

이번에도 카메라가 휙 하늘로 향하며 밤하늘에 뜬 3개의 달을 비추었다.

그리곤 자막이 떠올랐다.

See you in an hour, TT.

"……."

티저가 끝나고, 최세희는 입을 열지 못했다.

몸 안 가득히 알 수 없는 열감이 차오르는데, 혹시 자신은 죽은 게 아닐까?

아무래도 그런 것 같다.

여기는 사후 세계다.

"……헉!"

뒤늦게 정신을 차린 최세희는 티저를 다시 처음부터 재생했다.

한시온의 티저를 스무 번쯤 본 다음에, 이이온의 티저를 한 번 더 봤다.

그리고는 댓글을 읽었다.

아직 해외 케이팝 팬들이 붙지 않아서 영어가 그리 많진 않았지만, 그래도 적은 편은 아니다.

한데 영어 댓글을 보면 대부분 'Color Show'나 'R&B'라는 단어를 써 놨다.

아마 케이팝 팬이 아니라 컬러풀 스트러글을 통해 세달백일을 알게 된 해외 리스너들인 것 같다.

하지만 지금 중요한 건 그게 아니었다.

우리 애는 미쳤다.

분위기는 언제나 그렇듯 압도적이다.

한시온을 싫어하는 이들도 한시온의 분위기가 압도적이라는 건 부정하지 못한다.

다가가면 안 될 것 같으면서도 다가가고 싶은 아슬아슬한 느낌이 공존한다.

다만 언제부터인가 세달백일 멤버들과 함께 영상을 찍을 때면 유해진 분위기가 느껴진다.

하지만 최세희가 정말로 놀랐던 건 한시온의 춤이었다.

사실 세달백일은 아이돌 그룹치고는 춤을 정말 조금 보여 준 팀이었다.

아무래도 음방이나 공식적인 스케줄이 없었던 탓이겠지만, 사실 커밍업 넥스트에도 마찬가지였다.

춤보다 노래에 진심이고, 춤은 보조로 써먹는 느낌?

그게 나쁜 건 아니지만, 한 번쯤 진심으로 춤추는 걸 보고 싶기도 했다.

한데, 이번 티저에서 한시온이 그러했다.

최세희가 한시온의 티저를 수도 없이 돌려보면서 깨달은 게 있는데, 한시온은 박자를 한 번 더 쓴다.

딴-딴이란 박자가 나오면 그사이에 작은 동작을 하나 더 가져간다.

발목이라든지, 손목 같은 작은 관절을 이용해서.

근데 그게 너무 멋있다.

군무로 맞추면 어떨지 모르겠다.

딱딱 맞는 느낌을 해칠 수도 있으니까.

하지만 일단 독무에서는 압도적이었다.
마지막으로 최세희가 당황한 건.

-?? 한시온 왜 이렇게 연기 잘해요?? 당황스럽네.

연기였다.
자신이 촬영적인 지식이 없어서 용어를 잘 모르겠는데, 이이온은 배경을 많이 활용했다.
얼굴을 잡아 줄 때도 포커싱을 좀 전체적으로 가져가는 느낌?
'아, 감정 표현을 사물로 대체했다!'
그래 이런 느낌이다.
긴박함이나 위험함을 배경의 변화나 상징물들로 해결했다.
하지만 한시온은 다르다.
감정을 전부 클로즈업 컷으로 처리했다.
긴박한 상황 속에서 침착함을 유지하려고 하지만, 숨길 수 없는 두려움이 흘러나오면서도 이성을 붙들고 있는.
문장으로 표현해도 긴 감정을 배우처럼 표현했다.
그런 의미에서 새하얀 가면을 내려다볼 때의 감정이 묘했다.
안도하는 것 같으면서도 불편해하는 것 같았다.

'다른 사람들은 뭐라고 했지?'

최세희는 그런 생각을 하다가 헉 하고 놀랐다.

우리 애의 티저를 얼마나 돌려봤던지 벌써 1시간이 지난 것이었다.

[세달백일 – 'State of mind' Official Teaser 3/6]

이번엔 온새미로다.

* * *

세달백일의 첫 번째 티저가 공개된 건 오후 7시였다.

이 말은 곧 한 시간 단위로 공개되는 티저의 종착점이 자정이라는 뜻이다.

티저를 몇 시에 공개하는지는 회사 재량에 달렸지만, 보통 자정에 공개하는 경우가 많다.

그런 의미에서는 세달백일의 티저도 크게 다를 게 없었다.

하지만 무려 여섯 개의 티저를 예고하면서 주말 저녁 7시부터 버즈량을 빨아들이는 전략은 처음이었다.

다음날 출근을 준비해야 하는 일요일 저녁에, 하릴없이 유튜브를 보던 이들의 관심을 끌기 딱 좋았다.

물론 이런 전략을 채택하기 위해서는 영상 퀄리티에 자신이 있어야 했고, 입과 입으로 전해질 만한 화젯거리가 있어야 했다.

세달백일의 State Of Mind에는 두 가지가 모두 있었다.

-멤버들이 시간 여행을 하다가 다섯 개의 진영에 떨어져 각자 생존하다가…. 대화재 같은 천재지변? 그런 걸로 다시 만나게 되는 내용 같아요!

-2222 멤버들이 공터로 모이는 경로를 보면 방향이 다 다르거든요? 아마 적대적인 세력들이라서 각자 다른 방향으로 도망치는 것 같아요. 세달백일만 한 곳으로 모이고.

-?? 카메라 위치에 따라서 그런 거지. 방향을 어케 암?

-영상을 보면 바람이 부는 방향이 일정하다는 걸 알 수 있어요. 그걸 기준으로 삼으면 돼요.

-와 미친 거기까지 생각한다고?

-어쩐지 의상이 너무 다르더라. 다른 국가 같은 거였네.

-가면의 의미는 뭘까요?

-그냥 뮤비 장치 아님?

-그러기에는 너무 의미심장하게 나오는데.

-아니 이거 아이돌 티저 맞아요? 영화나 드라마 예고편 아니에요?

-세달백일 'State Of Mind' 티저입니다! 뮤직비디오는 아마 내일 자정에 나올 것 같고, 곧 음방 활동도 시작해요!

-ㅇㅋㅇㅋ 구독하고 뮤비 나오면 볼게요. 최근에 본 영상물 중에 젤 멋있음;

-첫 번째로 나온 애 누구임? 남자가 봐도 말도 안 되게 잘생겼네.

-이이온입니다!

-두 번째는요? 연기 개잘하네.

-한시온입니다!

-?? 형제임? 이름이 왜 다 비슷함.

-형제면 성이 같겠지. 멍청아.

-근데 한시온, 이이온, 온새미로, 3온 헷갈림ㅋㅋㅋㅋ 서바 통해서 인지도 쌓고 데뷔한 거 아니면 예명으로 갈랐을 텐데.

-저희 애들 서바로 데뷔 안 했습니다... 서바에서 조작 통수 맞았어요....!

-아 맞다.

-티저 댓글 자세히 보면 프리즘 발작 버튼 눌린 거 개

웃김ㅋㅋ
　-프리즘이 뭐임?
　-테이크씬 팬덤.

　세달백일의 전략은 굉장히 성공적이었다.
　세달백일에게 딱히 악감정이 없는 기획사들은 영감을 받을 정도였다.
　그사이 다섯 번째 티저가 공개되었다.
　다섯 번째 티저의 주인공은 최재성이었고, 최재성은 다른 이들과 좀 달랐다.
　마치 좀비처럼 이성을 잃은 모습이었고, 바닥에 떨어진 가면을 발견하기 전까지만 해도 자신이 누구인지 모르는 것 같았다.

　-여긴 야만족 집단 같은 건가.
　-ㅇㅇㅇ 그런데 광증 전염병이 돈, 좀 그런 느낌임.
　-아니 아이돌이 무슨 좀비 분장을 하냐고ㅋㅋㅋㅋ
　-얘네 콘텐츠에 진심임. 저번에 자컨에서 방 배정할 때 섯다 치는 거 보고 개웃음ㅋㅋㅋㅋㅋㅋ
　-섯다를 쳤다고?? 어디서 봄??
　-여기 채널에 영상 있음. 독립일기 1화.
　-난 취업하면서 덕질은 접었는데, 세달백일이 콘텐츠

에 진심으로 도전하는 거 보기 좋음. 컬러 쇼 준비하는 거 보고 좀 감동 먹었었음.

  -머글인 척하면서 빨아주는 애들 개많네~

  -ㅋㅋㅋㅋ세달백일 오피셜 채널에서 뭐가 눈치 보인다고 머글인 척하냐? 안 꺼져?

  -아니 근데 멤버들 다 나왔는데 여섯 번째 티저는 뭐임?

  -나도 그게 궁금함.

  지금까지 공개된 다섯 개의 티저 구성은 똑같았다.

  각각의 장소에서 시작한 멤버들이 가면을 쓰고 공터에 모여서 독무를 춘다.

  이이온만 구체적으로 화마를 뚫고 나오는 장면이 안 나왔을 뿐.

  그러니 여섯 번째 티저에 대한 호기심은 당연했다.

  심플하게 생각하면 여섯 번째 티저는 군무일 확률이 높다.

  똑같은 장소에서 다섯 명이 춤을 추는 느낌으로.

  하지만 단지 그게 다라면 실망스러울 것 같다.

  지금까지 다섯 개의 티저에서 끌어올린 기대감이 어마어마하니까.

  느낌상 다섯 개의 티저가 하나로 어우러지며 뭔가 펑 터져야 할 것 같은데…….

그런 방법이 있는지 잘 모르겠다.
그렇게 다시 한 시간이 지났다.
일요일에서 월요일로 넘어가는 자정에.

[세달백일 – 'State of mind' Official Teaser]

드디어 최종 티저가 공개되었다.
티저의 시작은 가늘고 긴 휘파람이었다.
휘이이익-
휘파람 소리 사이로 가면을 쓴 채 화마를 뚫고 달려가는 다섯 명의 모습이 어지럽게 교차 편집된다.
최재성을 덮치던 화마를 구태환이 피하고, 형편없이 나동그라진 구태환이 무릎을 짚고 일어나는데, 온새미로가 일어나고 있다.
휘이이이이이-
그사이 휘파람 소리는 점점 커지고, 선명해진다.
세달백일 멤버들의 심장 박동 소리라도 되는 것처럼 드럼이 쿵쿵거리며 들어온다.
그리고.
가면을 쓴 다섯 명의 남자들이 공터로 몰려들며 모든 소리가 사라진다.

[······.]
[······.]

바람 부는 소리만 들려오는 공터.
모두 주춤거리기만 할 뿐, 선뜻 가면을 벗지 못한다.
상대방이 두렵다는 듯이.
내 속을 보여 주기 힘들다는 듯이.
하지만.

♬♪♪♪♪~

마법처럼 들려온 멜로디가 분위기를 바꾸었다.
가장 먼저 이이온이 새하얀 손을 들어서 가면을 벗는다.
동시에 한걸음 다가가면, 한시온도 한 걸음 다가오며 가면을 벗는다.
그렇게 모든 이들이 가면을 벗고······.
춤이 시작되었다.
그걸 보고 있던 시청자들은 내적 비명을 질렀다.
지금까지 멤버들의 독무는 분명 비슷하지만 다른 부분이 있었다.
첫 번째 드럼 박자에서 이이온과 한시온은 팔꿈치를 내리찍고, 구태환, 온새미로, 최재성을 팔꿈치를 치켜들었다.

옆으로 슬라이드 할 때도 마찬가지다.

누군가는 다리를 길게 뻗으며 쭉 미끄러졌고, 누군가는 잔발을 치며 옮겨 갔다.

그러니 비슷한 결의 춤이지만, 미묘하게 다른 느낌이 있었는데…….

이건 독무가 아니었다.

다섯 개의 독무가 모이니, 톱니바퀴처럼 맞물려진 것처럼 완벽한 군무였다.

눈치가 빠른 이들은 독무와 군무를 따로 찍은 게 아니라는 걸 알 수 있었다.

다 함께 춘 군무에서 다른 멤버들을 지우고, 한 사람씩 보여 줬을 뿐이다.

심지어 노래도 그렇다.

[홀로- Mmm-]
[외따로- Emnnm-]

다섯 멤버들이 부른 노래가 각각의 위치에 맞춰서 합쳐지자, 아름다운 첫 소절이 된다.

그렇게 다시 한번 카메라가 세 개의 달을 비추며 티저가 끝이 났다.

SEE YOU TOMORROW, TT

다음날 자정에 공개될 뮤직비디오 예고와 함께.

머지않아 아이돌판에서 '가장 비싼 멤버별 직캠'이라는 밈이 붙을 세달백일의 티저가 끝이 났다.

* * *

-뭐야. 결국 티저는 하나였고 나머지는 멤버별 직캠이었잖아?

-악ㅋㅋㅋㅋ멤버별 직캠ㅋㅋ

-설득력이 있는걸?ㅋㅋ

-음방 출연 못해서 직캠이 없는 걸 이렇게 달래 준 거야. TT

-세달백일 음방 못해요?

-아뇨ㅎㅎ 합니다! 이번 주 수요일에 첫 음방이에요!

-Somebody tell me about these guys!!! Please!!!!

-내일 자정까지 어떻게 기다려ㅠㅠㅠㅠㅠㅠ 벌써 뮤비 보고 싶은데ㅠㅠㅠㅠ

-뮤비 진짜 기대된다.

-세달백일이 잘 되면 다른 소속사들도 정신 차리지 않을까? 아이돌도 자기들끼리 할 수 있다는 걸 증명한 거

니까.

-지나가다 웃고 갑니다ㅋㅋㅋㅋ 아이돌이 하는 게 아니라 한시온이 하는 거임ㅋㅋㅋㅋ

-ㅇㅈ 가로등 아래서, 낙화, 서울타운 펑크, 갈림길, 세달백일, 드롭아웃 타이틀, 엔오피 타이틀, 자컨곡 레주메, 컬러풀 스트러글. 이번 선공개곡까지. 뭐 하나 삐끗한 게 없네ㅋㅋ

-와 이렇게 놓고 보니까 진짜 말도 안 된다. 이게 가능한가?

-앨범은 대체 어떻게 나오려나? EP? 정규?

-EP겠지.

-뮤비 보고 싶어ㅠㅠㅠㅠㅠㅠㅠㅠㅠㅠㅠㅠㅠㅠ

-앞으로 세달백일 콘텐츠에서 울 때는 TT로 울기로 합시다.

-TTTTTTTTTTTT

세달백일의 티저에 대한 유튜브 댓글 반응은 호평일색이었다.

특히 그동안 아이돌과 관련된 콘텐츠를 소비해 본 적 없던 이들은 당황할 정도였다.

이게 원래 이렇게 좋은 건지, 아니면 세달백일이 유독 좋은 건지 헷갈렸으니까.

그만큼 뛰어난 영상미였고, 흥미로운 스토리였다.

다만 일각에서는 세달백일이 정말 회사가 없는지에 대한 논란이 일기도 했다.

인디펜던트 뮤지션들도 뛰어난 아이디어와 영상미를 발휘해 좋은 뮤직비디오를 찍는 경우는 있다.

하지만 세달백일의 〈State Of Mind〉는 돈 냄새가 풍긴다.

그것도 너무 많이.

-회사도 없으면서 어케 이런 걸 함?? 티저 퀄 생각하면 뮤비에 몇억 들어갔을 것 같은데??

-뒤에서 몰래 어디랑 계약해서 투자받은 듯ㅋㅋ 추후 정산하면 되니까ㅋㅋ

-뭐라는 거야. 빌보드랑 컬러 쇼 무시하냐. 한국이랑 음원료 정산되는 단위가 다른데.

-너야 말로 뭐라는 거임. 차트 인 한 지 몇 주나 됐다고 벌써 정산이 됨?

-빌보드에 무슨 환상을 가지고 있는지 모르겠는데, 곡 하나로 그렇게까지는 못 번다.

-헛소리ㄴㄴ 빌보드는 원히터 원더들이 평생 놀고먹을 돈 버는 곳임.

-그거야 Hot 100 1위니까 그렇지. 세달백일은 마이너

차트 말석임.

-별 쓸데없는 걸로 싸우고 있네ㅋㅋㅋㅋ 알아서 벌어서 했겠지.

당사자가 아닌 이상 팩트를 알 수 없는 논쟁이었지만, 사실 이건 세달백일의 위험 요소였다.

정확히 말하자면 최대호가 세달백일에게 당기고 있는 활시위였다.

논란이 터지면, 한시온이 부모님의 돈을 마음껏 사용하고 있다는 단서가 될 테니까.

하지만 아직 최대호는 활시위를 놓지 않았고, 이슈 역시 수면 위로 떠오르지 않았다.

일반 대중들이 이런 반응을 보였다면, 아이돌 관련 커뮤니티는 좀 달랐다.

-ㅎㅎㅎ
-ㅎㅎㅎㅎㅎㅎㅎㅎ
-ㅎㅎㅎㅎㅎ
-티티 당당한 거 봐ㅋㅋㅋㅋㅋ
-당당할 만함. 잡덕 입장에서 놀랄 정도였음.
-근데 나만 겉핥기 식으로 한 것처럼 보임?
-뭐래; 이게 겉핥기면 대체 속핥기는 뭔데요.

-아니 한시온이 원래 이렇게 춤을 잘 췄어요? 좀 당황스럽네.

-(링크) (링크) 우리사막여우시온 춤선 좀 보고 가세요 TTTT

-사막여우라기보다는 좀 슬리데린상인데ㅋㅋㅋㅋㅋ

-티저 가지고 오버가 심하네ㅎ 하긴 이런 거 절대 안 해 줬었지?

-엥? 이번이 국내 첫 활동인데요?

-레주메는 자컨에서 재미 삼아 만든 거고, 컬러풀 스트러글은 콘텐츠 출연하는 김에 만든 건데….

-아 둘 다 차트 1위를 해서 착각하셨나 보다!

-ㅋㅋㅋㅋㅋㅋㅋㅋㅋㅋ

세달백일의 케이팝스러운 음악적 방향성에 대한 이야기가 많았다.

컬러풀 스트러글을 케이팝에 맞춰 편곡한 케이팝 스트러글(구분을 위해 부르는 별명)과 자정에 티저가 공개된 State Of Mind는 분명 익숙한 요리였다.

늘 먹던 재료로 늘 먹던 요리.

하지만 맛이 다르다.

고작 티저만 보고서 오버한다는 말도 많았지만, 꼭 세달백일의 팬덤만 이렇게 반응하는 건 아니었다.

의외로 일반 대중들이나 돌판의 중립적인 커뮤 유저들도 비슷한 반응이었다.

뭔가 다르다고.

이유는 간단했다.

그동안 세달백일이 해 온 게 너무 대단하니까.

세달백일에게는 한 가지 기록이 있었는데, 그건 발매한 모든 곡이 차트 1위를 기록했다는 것이었다.

심지어 커밍업 넥스트에서 무대 칼질을 당했던 〈갈림길〉을 제외하면 대부분이 주간 차트 1위이기도 했다.

여기서 더 나아가면 한시온이 작곡한 모든 곡이 차트 1위였다.

사실 한시온의 입장에서는 특별할 것 없는 일이었다.

애초에 그는 곡을 만들 때 빌보드 Hot 100 1위를 상정하면서 작곡하니까.

혹은 이미 Hot 100을 한 곡을 발매하거나.

하지만 한시온이 회귀자라는 걸 모르는 이들 입장에서는 이해할 수 없는 일이었다.

이런 이슈 속에서 시간이 차곡차곡 흐르기 시작했다.

일요일 자정에 티저가 공개되었고, 월요일 자정에 뮤직비디오 공개가 예정되어 있다.

고작 24시간이지만, 수많은 이야기가 흘러나왔다.

세달백일을 응원하는 쪽에서는 뮤직비디오 퀄이 티저

만큼 나오길 원했고, 세달백일이 망하길 원하는 쪽에서는 티저가 전부이길 바랐다.

그리고 마침내.

월요일 자정이 찾아왔다.

곡이 발매됨과 동시에 뮤직비디오가 공개되었다.

* * *

바이올린을 전공하는 음대생 박상우는 자정에서 30분쯤이 지나서 세달백일의 오피셜 채널에 들어갔다.

초저녁부터 뮤직비디오를 기다리고 있었는데, 우연히 보게 된 드라마가 너무 재미있어서 깜빡해 버렸다.

'뭐, 늦는다고 닳는 것도 아니니까.'

지극히 라이트팬스러운 생각을 한 그는 30분 전 세달백일의 오피셜 채널에 올라온 뮤직비디오를 확인했다.

[세달백일 – 'State of mind' Official MV]

썸네일은 달빛 아래 서 있는 다섯 명의 세달백일이었다.

배경에 화마는 보이지 않았지만, 장소는 티저 속의 그 공터인 것 같다.

'흠.'

확실히 잘 생겼다.

이렇게 생기면 무슨 기분일까?

그런 생각을 하면서 뮤직비디오를 클릭했다.

생각해보면 자신이 세달백일의 뮤직비디오를 시청하는 건 좀 웃긴 일이었다.

클래식 전공자들이 전반적으로 세달백일을 좋아하는 건 확실하다.

하지만 그건 음악을 좋아하는 거지, 활동을 기대하는 건 아니다.

특히 남자들은 뮤직 비디오나 음방 같은 거엔 관심도 없었고.

자신도 원래는 그랬었다.

하지만 짝사랑 때문에 어쩌다 보니 세달백일의 팬클럽에 가입하게 되었고, 이제는 마음이 바뀌었다.

코어 팬들처럼 열광적으로 서포트를 하진 못하겠지만, 콘텐츠를 즐기고 싶다는 마음은 있다.

공연이 있으면 가보고 싶기도 하고.

박상우는 그런 생각을 하다가 뮤직비디오에 집중했다.

어두워졌던 화면이 밝아지는 게, 본격적으로 시작될 모양이었으니까.

"응?"

한데 뮤직 비디오의 시작은 전혀 생각지도 못했던 지점

이었다.

'이건 컬러풀 스트러글이잖아?'

팬들이 케이팝 스트러글이라고 부르는 리믹스 버전도 아니다.

컬러 쇼에 나왔던 오리지널 컬러풀 스트러글의 전주가 흘러나온다.

그사이 무대 위의 세달백일이 긴장된 시선을 주고받고, 무대 아래의 사람들이 환호한다.

고등학교 축제쯤으로 보이는 것 같긴 한데, 정확히는 알 수 없었다.

그 어떤 상징물도 보이지 않았으니까.

노래가 시작되었다.

이이온이 고함을 지르듯 첫 소절을 뱉는다.

As I look around me!
(주변을 쭉 둘러보니)

그 순간, 텅! 하는 소리와 함께 무대 위의 조명이 나갔다.

세달백일 멤버들은 당황했지만, 이이온은 당황하지 않았다.

Satan wanna put me in bowtie.

(사탄은 내가 보타이를 착용하길 원해)

텅! 텅! 텅! 텅!
조명이 왼쪽에서부터 연달아 꺼진다.
그와 동시에 비트의 음계가 낮아지며, 느릿하고 둔탁해진다.
지지직.
라디오의 노이즈 같기도 하고, 무선기의 주파수 잡음 같기도 한 묘한 소리가 비트에 끼어들며.
로파이(Lo-Fi) 특유의 느낌이 완성된다.
세달백일의 공홈에서 진행됐었던 투표 영상에서 볼 수 있었던 예의 그 진행이다.
심지어 스트라이프 정장을 입은 게, 의상도 똑같다.
한데, 화면이 돌아가니 분명 무대 아래에 있었던 관객들이 씻은 듯이 사라져 있었다.
표정을 완전히 바꾼 이이온이 입을 연다.

What you gonna do?
(너라면 어떻게 하겠어?)

컬러풀 스트러글에 원래부터 들어 있던 가사.
하지만 이번에는 의미심장하다.

그 순간.

팟! 하는 소리와 함께 모든 조명이 꺼져 버렸다.

무대가 암전된다.

하지만 어디선가 요사스러운 붉은 빛이 흘러나오며 무대의 형태를 분간할 수 있게 된다.

그 속에서.

...Did you rock it?

이이온의 목소리와 함께 쾅 하는 드럼과 거친 신스음이 터져 나온다.

강렬한 로파이 칩멍크 소울로 바뀐 비트와 함께 춤이 시작된다.

사특한 붉은 빛 아래 세달백일이 정신을 잃은 듯 춤을 춘다.

언뜻 보이는 실루엣이 붉은 빛을 받아 빛나고, 춤선이 달빛을 받아 빛난다.

"와, 씨."

박상우는 저도 모르게 감탄사를 내뱉었다.

댄서라는 직업군이 형성되면서 춤이 낯선 것처럼 여겨지는 시대가 됐지만, 원래 춤은 본능적인 것이었다.

고대부터 신에게 기원하면서 본능을 표출한 것이 춤이

었으니까.

그런 의미에서 세달백일의 춤은 정신을 놓고 보게 만드는 힘이 있었다.

그때였다.

공기가 변화했다.

비트의 음역대가 한순간에 치솟으며 알아들을 수 없는 소리가 된다.

요사하고 사특한 붉은 빛이 불길이라도 되는 듯, 온 세상을 부글부글 끓게 만든다.

금방이라도 끓는점이 넘어서 기화해 버릴 것 같다.

그때였다.

붉은 빛 아래로 은은하게 내리쬐는 은색 달빛이 내려와 이이온의 얼굴을 비춘 게.

뭔가에 홀려 있던 이이온이 화들짝 놀라 정신을 차린다.

그리곤 금방이라도 사라질 듯 희미해지는 멤버들을 보며 소리 지른다.

Focus!

Focus…….

Focus……. Focus…….

리버브가 잔뜩 들어간 이이온의 외침이 메아리처럼 울려 퍼진다.

이이온이 고개를 들자, 하늘에 세 개의 달이 떠있다.

State of mind!!

이이온의 외침을 끝으로 요사한 붉은 빛과 따사로운 달빛이 반쯤 섞인 빛이 폭발한다.

그렇게 화면이 어두워지고, 밝아졌을 때.

[……]

기절했던 한시온이 눈을 뜬다.

한시온의 옆에서 짚단 인형을 가지고 놀던 댕기머리의 소년이 벌떡 일어나서 밖으로 나간다.

그러자 한복과 비슷한 복장을 입은 사람들이 우르르 들어와 한시온을 내려다본다.

그가 몸을 일으키는 순간.

♬ ♪ ♪ ♪ ♪

비트가 흘러나오며 〈State Of Mind〉의 음악이 흘러나온다.

"허어……."

박상우가 저도 모르게 장탄식을 내뱉었다.

무슨 영화의 인트로를 보는 것처럼 엄청난 내용과 상징물들이 스쳐 지나갔다.

'이이온이 뭐라고 한 거지?'

Focus.

그리고 State of mind.

마음의 상태에 집중하라는 의미 정도인 것 같다.

그사이 뮤직비디오가 전개되며, 멤버들이 다섯 개의 진영에서 깨어난다.

누군가의 티저 해석처럼 그들이 깨어난 진영은 독립된 곳이며, 다른 진영을 적대하는 듯했다.

"아니……."

하지만 뮤비 내용을 보니 그저 적대하는 정도가 아니다.

서로 다른 진영의 사람들이 서로의 맨얼굴을 보게 되면, 죽는다.

그대로 녹아 없어지거나, 이성을 잃어버리는 괴물이 된다.

최재성이 깨어난 진영은 이렇게 괴물이 된 이들 사이였고.

그래서 이들은 중립 지역에서 사냥을 하거나 이동을 할

때면 항상 새하얀 가면을 써야 했다.

 그러니.

 […….]
 […….]

 중립지역에서 스쳐 지나간 한시온과 구태환이 서로를 알아보지 못하는 것도 당연했다.
 그렇게 다섯 멤버들은 각자의 진영에 적응했지만…….
 평온함을 위협하는 무리는 언제나 있는 법이었다.
 갈등을 원하는 이들이 거대한 화마를 일으키고, 대탈출이 시작된다.
 여기서부터는 티저를 봤기 때문에 예측할 수 있는 지점이었다.
 다섯 진영의 사람들은 각자의 방향으로 도망치지만, 세달백일 멤버들은 달랐다.
 그들은 가면을 쓴 채, 노래가 들리는 어딘가로 나아간다.
 그리고, 조우한다.
 한 명씩 가면을 벗고, 세 개의 달이 내리쬐는 빛 아래에서 춤을 춘다.

La- La-

Focus on me

음악이 쏟아지며, 군무가 불을 뿜는다.
놀랍게도 이번 노래의 후렴은 개인 파트가 없었다.
모든 멤버들이 한 단어, 한 단어씩 부르는 게 완벽하게 맞물려 떨어지며 후렴구를 형성한다.
하지만 조각난 느낌은 전혀 들지 않았다.
오히려 케이팝 특유의 중독적인 후렴구의 느낌을 고스란히 가져간다.
단지 그 수준이 어마어마할 뿐.
그렇게 후렴과 춤이 동시에 끝나는 순간.
쾅!
달빛이 내리쬐며…….

[와아아아아!!]

인트로로 돌아온다.
무대 아래 사람들이 환호하는 공연의 순간으로.
세달백일 멤버들은 갑자기 바뀐 상황에 당황했지만, 잠시였다.
씩 웃은 한시온이 스탠드 마이크를 잡으며 뮤직비디오

가 끝이 났다.

바야흐로 대해석의 시대를 불러일으킬 〈State Of Mind〉 뮤직비디오의 끝이었다.

* * *

우리의 뮤직비디오가 상당한 반향을 일으키고 있는 것 같다.

꼭 아이돌 관련 커뮤니티가 아니더라도, State Of Mind 뮤직비디오와 관련된 이야기가 상당히 많았으니까.

특히 본인이 생각하는 뮤비 속 스토리에 대해 이야기하는 댓글들이 많았다.

이번 뮤직비디오의 설정은 멤버들과 다 함께 짰다.

개중에서도 특히 최재성의 입김이 강했다.

우리의 시간 여행이라는 컨셉에 대해 가장 심도 깊은 고민을 해 본 멤버니까.

하지만 그 설정을 가지고 스토리를 만들고, 영상 연출을 위한 콘티화 작업을 한 건 나다.

당연한 이야기지만, 난 뮤직비디오에도 일가견이 있다.

내가 평생 동안 얼마나 많은 뮤직비디오를 찍어 왔는

데, 설마 그걸 다 남에게 맡기기만 했겠는가?

아마 에미넴의 〈8 Mile〉과 〈Lose yourself〉에 영감을 받아서 자전적 영화에 도전한 이후, 본격적으로 영상 공부를 했던 것 같다.

찍는 공부까진 아니고, 연출하는 공부.

그러니 우리의 뮤직비디오는 멤버들에게 받은 의견을 가지고, 내가 엄선한 것이다.

-걍 아무 뜻도 없을 것 같고 멋있는 척한 것 같은데ㅋㅋㅋ

-적당히 있어 보이는 요소들 넣은 거지ㅋㅋㅋㅋ 무슨 논문 쓰냐? 그 열정으로 공부나 해라ㅋㅋㅋㅋ

그러니 인터넷에 달린 이런 종류의 댓글들은 다 틀렸다.

난 동선 하나, 상징물 하나에 모두 의미를 부여했다.

촉박한 뮤직비디오 촬영 일정만 아니었다면 더 힘을 줄 만한 부분들이 있는데 아쉽기도 하다.

하지만 그렇다고 지금 나서서 우리 뮤직비디오에 어떤 의미가 있는지 털어놓을 건 아니었다.

"와, 벌써 리액션 영상 올라왔어요."

"벌써? 한 시간밖에 안 됐는데?"

"네. 근데 구독자 수도 엄청 적고, 편집도 없이 그냥 쌩으로 리액션만 했네요."

"그래도 조회 수는 꽤 되는데?"

"첫 번째라서 그런 거 같아요. 근데 재미없다고 악플 천지에요. 우리 때문에 욕먹는 거 같아서 뭔가 좀 미안한데요?"

"그러니까……."

온새미로와 최재성의 대화를 들으며 어이가 없어서 웃었다.

그걸 왜 우리가 미안해한단 말인가?

아무튼 내가 입을 여는 건, 사람들이 충분히 해석을 즐겼을 때쯤일 것이다.

퀴즈의 정답을 너무 빨리 이야기하는 것도 맥 빠지는 일이니까.

"일단 다들 잡시다. 거의 두 시가 돼 가네요."

"시온 형, 저희 이틀 뒤가 음방이잖아요?"

"그게 왜?"

"그러니까, 자는 시간을 좀 미뤄도 되지 않을까요? 그날 새벽부터 활동해야 할 텐데."

"헛소리하지 말고, 자."

말도 안 되는 소리를 하며 유튜브 댓글을 보고 있는 최재성의 핸드폰을 빼앗았다.

아무리 좋은 콘텐츠를 만들었다고 해도 악플이 없을 수

는 없다.

난 악플에 초연한 사람이지만, 멤버들은 너무 많이 보는 건 별로다.

"그래, 시온이 말이 맞아. 다들 들어가자."

이온 형의 주도하에 그렇게 멤버들이 둘둘 나눠져서 각자의 방으로 들어갔다.

나는 개인실을 쓰지만, 나머지 멤버들은 둘씩 한 방을 쓴다.

참고로 방 배정 섯다에서 이겼던 구태환과 최재성은 4인실을 둘이 쓰고 있다.

온새미로와 이이온은 2인실을 쓰고 있고.

그렇게 멤버들이 들어가고, 나도 내 방으로 들어와 침대에 걸터앉았다.

원하던 바를 이뤄 내서 기분이 좋다.

뮤직비디오도 잘 뽑혔고, 음방 활동도 할 거고, 곧 앨범도 나올 거다.

우리 앨범에 대한 이야기가 꽤 많은 것 같던데 13트랙(히든 트랙까지는 14트랙)이나 되는 정규 앨범이며, 공동 작곡가들의 이름을 보고는 기절할 거니까.

사실 벌써부터 State Of Mind의 공동 작곡가를 보며 이야기를 하는 사람들도 있었다.

-야, 이번 세달백일 신곡에 공동 작곡가가 루시드 빈인데?

-그게 누군데.

-ㅁㅊ 루시드 빈 모름? 현시대 펑크의 압도적인 일인자인데. 그래미 8회 수상임. 그중 본상이 2회고.

-샘플 뜬 거지 멍청아. 샘플 클리어도 모르냐?

-동명이인이지 무슨 샘플 클리어야. 루시드 빈쯤 되는 양반 곡 샘플 클리어하려면 돈 ㅈㄴ 깨짐ㅋㅋㅋㅋ

-맞음. 뮤비 비용보다 더 들어갈걸.

네티즌들이 이야기하는 그 루시드 빈이 우리의 앨범에 참여했으며, 샘플 클리어도 아닌 오리지널 작곡이라는 걸 알면 뒤집어질 거다.

심지어 얀코스 그린우드, 모스코스, 에릭 스캇, 루츠 로비, 메리 존스, 도널드 맥거스까지 참여했다는 걸 알면?

아, 에디를 뺐구나.

크리스 에드워드까지.

한국이 발칵 뒤집어질 거다.

그러니 기분이 좋아야 하고, 실제로도 난 기분이 좋다.

하지만.

아마 오늘은 악몽을 꿀 것 같다.

늘 그렇다.

제대로 된 첫발을 내미는 순간, 난 항상 우울해진다.

기쁨과 즐거움이 크면 클수록 허무함과 상실감도 커진다.

이 모든 것이 물거품으로 돌아갔을 때, 내가 느낄 감정을 너무나도 잘 알고 있으니까.

누군가는 성공했을 때 느낄 즐거움만 상상하면 되지 않겠냐고 말할 수도 있겠지만…….

불가능하다.

지금껏 단 한 번도 성공해 본 적이 없으니까.

몇 회차인지조차 알 수 없는 수많은 시간의 끝은 늘 실패였다.

오늘 우리의 발걸음은 2억 장이라는 목표치에 얼마나 가까워지는 걸음이었을까?

1cm? 2cm?

……젠장.

이건 그 누구의 잘못도 아니다.

최선을 다한 세달백일의 잘못도 아니고, 우리를 사랑해 주는 타임 트래블러의 잘못도 아니다.

그냥 내 잘못이다.

변덕이 죽 끓는 회귀자인 탓이다.

"……."

그냥 잠을 안 자야겠다.

음원 차트 모니터링이나 해야지.

* * *

2017년 현재, 대부분의 가수들은 자정에 음원을 발매하고, 오전 1시까지의 실시간 차트 성적을 중요하게 본다.

자정부터 1시는 일반 대중과 아이돌 팬덤의 차트 영향력이 균등한 시간이다.

대중만 잡아서 1위를 할 수도 없고, 팬덤만 잡아서 1위를 할 수도 없다.

그러니 이때의 데이터값을 유심히 살펴보면 이 곡이 앞으로 어떤 성적을 거둘지를 예측할 수 있다는 것이다.

'하지만 레주메는 아니었지.'

한시온의 생각처럼 세달백일이 레주메를 발매할 때는 이런 분석이 통할 상황은 아니었다.

티저도 없었고, 뮤비도 없었고, 기사도 없었다.

자체 제작한 콘텐츠를 제외하면 세달백일의 곡이 발매됐다는 걸 세상에 알릴 수단이 없었다.

당시 레주메가 1등을 차지할 수 있었던 건, 3주째 이어진 스트리밍에 지쳐 있었던 NOP와 드롭 아웃의 팬덤이 곡을 클릭해 준 덕분이었다.

그렇게 붙은 불씨를 키운 건 한시온과 관련된 이슈였고, 불길을 유지한 건 노래가 좋았기 때문이었고.

하지만 이번 곡은 달랐다.

1. State Of Mind (new)(hot)

월요일 자정에 발매된 세달백일의 〈State Of Mind〉가 단숨에 실시간 차트 1위에 등극한 것이었다.

사실 티저에서부터 이어진 뮤직비디오의 파급력과 곡의 수준을 생각해 보면 당연한 일이었다.

하지만 이다음 상황은 좀 혼란스러웠다.

대중들이 잠에 든 오전 1시부터 오전 6시까지는 팬덤의 시간이다.

1시~2시는 좀 덜하지만, 2시를 넘어서면 팬덤이 차트를 지배한다.

여기서 세달백일 신곡의 순위는 꽤 많이 떨어졌다.

10위권 밖으로 밀려난 건 아니지만, 6~9위를 왔다 갔다 했다.

이는 두 가지를 의미했다.

첫째로, 아직 세달백일의 팬덤이 제대로 코어화되지 않았다는 것.

한시온은 이 부분에 대해서 최재성과 이이온의 의견을 구한 적이 있었는데, '우리 애들'의 이미지가 좀 약하다는 답변이 돌아왔었다.

"약점이 없잖아요. 특히 시온 형이."

"약점이 없는 게 문제가 돼?"

"당연하지, 시온아. 응원 덕분에 완성되는 순간이 짜릿한 거야."

사실 한시온 입장에서는 고개를 갸웃할 일이었다.

그의 기준에서 세달백일 멤버들이 약점이 없는 사람들이 아니었다.

특색이 전무한 최재성.

음색이 처참한 이이온.

한 곡 전체를 이끌어 가지 못하는 구태환.

예외적으로 요즘 온새미로는 폼이 절정이다.

본인의 파트가 주어지면 최고의 소리와 최고의 표현법을 구사하기 위해서 노력 중이었으니까.

다만 타고난 재능에 한계가 있어서 GOAT 반열에 들어가진 못한다.

그래도 한시온은 온새미로가 본인의 1회차 때보다 훌륭한 보컬이며, 열 번 정도만 회귀하면 GOAT 반열에 들어갈 수 있을 거라고 생각했다.

이처럼 한시온의 눈에 멤버들의 단점은 명확했고, 그는

그걸 프로듀싱으로 가리기 위해서 엄청나게 노력 중이었다.

최근 이이온이 음색의 한계를 극복해 내는 방법을 배운 건 맞다.

하지만 그건 한시온이 만든 곡에서만 가능한 일이었다.

평범한 곡을 받아서 부르면 안 되는 일이다.

'그럼 이런 단점을 팬덤들에게 적나라하게 보여 주는 게 더 이득이라는 건가?'

하지만 최재성이나 이이온도 여기에 대해서는 고개를 저었다.

처음 시작부터 그랬으면 모를까, 이제는 이미지상 안 된다고.

심지어 빌보드에 차트 인을 해 버렸으니까.

"팬 활동을 최대한 많이 하면서 심리적 거리를 좁히는 수밖에 없어요."

첫 번째 의미가 팬덤의 코어화 문제였다면, 두 번째 의미는 좀 달랐다.

세달백일이 엄청난 견제를 받고 있다는 것이었다.

현시점에 State Of Mind와 견줄 만한 대박 곡은 없다.

그나마 얼마 전에 TENX10N(텐션)이란 그룹의 5인조 유닛이 들고 나온 노래가 꽤 괜찮은 성적을 냈다.

한시온도 그럭저럭 들을 만한 곡이라는 평가를 내렸었고.

하지만 그 외에는 대부분 성적이 처참했다.

인터넷에서는 돌판 노잼 시기라는 말이 돌 정도로.

하지만 새벽의 실시간 차트에는 이런 곡들이 세달백일의 위에 쌓이기 시작했다.

지극히 케이팝스러운 활동을 시작한 세달백일을 향한 견제가 들어온 것이었다.

그러나 팬덤의 시간이 끝나는 순간 상황은 급변했다.

오전 6시부터 9시.

일반 대중의 음원 소비가 급증하고, 밤사이 발표된 신곡에 대한 관심도가 높아지는 시간.

1. State Of Mind (new)(hot)

세달백일은 여기서 1위를 탈환했고, 변동성이 심한 오후 6시까지 최상단을 유지했다.

그리곤 대중 픽을 상징하는 일간 차트 1위에도 올랐다.

그때 딱 세달백일의 거실에 카메라 설치가 끝났다.

"시온아, 피곤해 보이는데?"

"아냐."

"잠을 못 잤어?"

"늘 자다 깨다 하는 거지, 뭐."

사실은 한숨도 자지 않은 한시온이었지만, 굳이 멤버들을 걱정시키고 싶진 않았다.

그렇게 한시온이 어깨를 으쓱하자, 세달백일 멤버들이 거실로 모여들었다.

오후 7시.

예고된 라이브 방송 시간이었다.

* * *

세달백일이 라이브 방송을 처음 켜는 건 아니다.

레주메가 차트 1위를 하고도 몇 번 켰었고, 양석훈의 첨삭 버전이 인기를 얻을 때도 켰었다.

그때 했던 라이브 방송을 바탕으로 자컨의 3화를 구성하기도 했었고.

하지만 오늘의 방송은 묘하게 느낌이 달랐다.

'그래, 활동기의 느낌이야.'

지금까지 세달백일이 라이브 방송을 켰을 때는 비활동기에 소통하는 느낌이었다면, 지금은 활동기의 느낌이다.

방제만 봐도 알 수 있지 않은가?

케이팝 스트러글과 SOM의 응원법!

게다가 음방 활동과 관련된 이야기도 한다고 한다.
'제발 응원 봉 이야기 좀!'
수요일 사녹에 당첨된 이들이 그런 생각을 하는 순간.
방송이 켜지며 다섯 명의 남자들이 화면에 등장했다.

* * *

세달백일은 공홈의 자체 스트리밍 기능을 이용하기 때문에 방송이 전체적으로 쾌적한 편이었다.
일단 불특정 다수의 어그로가 없다는 것만 해도 방송의 질이 확 올라간다.
그렇다고 악성 개인 팬이나 관종이 아예 없는 건 아니었지만, 여타 아이돌의 스트리밍 방송에 비하면 훨씬 클린했다.
하지만 팬들 입장에서 아쉬운 점이 전혀 없는 건 아니었는데, 공홈이 너무 건조하다.
필요한 기능이 없다는 게 아니다.
오히려 기능은 차고 넘친다.
대체 어떤 아이돌이 공홈에 월간 탑꾸 랭킹 같은 걸 매겨 준단 말인가.
팬들이 건조하다고 느끼는 건 디자인이었다.
당장 지금 진행되는 스트리밍만 해도, 팬들이 감정을

표현할 수 있는 수단이 굉장히 부실했다.

하지만 이건 어쩔 수 없는 부분이었다.

애초에 공홈을 설계한 게 닳고 닳은 회귀자이자, 마초의 나라 미국 문화에 물든 한시온이었다.

그걸 구현한 게, 극한의 공대 감성을 지닌 공돌이 그 자체인 〈에이엔비 엔진〉의 강 대표였고.

[안녕하세요!]
[안녕하십니까. 타임 트래블러.]
[형, 너무 딱딱하잖아요.]

팬덤명이 결정되고 두 번째 스트리밍이었지만, 한시온은 꿋꿋이 티티가 아닌 풀 네임을 부르고 있었다.

본인 피셜로는 그게 존중하는 것 같아서라고 하지만, 모두가 진실을 알고 있었다.

티티는 지나치게 귀여운 어감이고, 한시온은 귀여운 것에 병적인 거부감이 있었다.

[그럼 더블티라고 부르겠습니다.]
[구려…….]

그런 한시온의 태도를 싫어하는 팬들도 있었지만, 의외

로 꼭 그런 건 아니었다.

계속 부탁하면 결국 해 주기 때문이었다.

고장이 나면서.

[……티티.]

침몰하는 한시온을 보는 건 꽤 재미있는 일이었다.

그렇게 스트리밍 방송이 시작되었다.

멤버들이 미리 준비해 온 케이팝 스트러글과 State Of Mind의 응원법을 소개하고, 음방에 대한 이야기가 좀 나왔다.

결론은 간단했다.

아무 것도 준비할 필요가 없다.

그냥 멤버십 카드와 신분증만 들고 오면 된다고.

나머진 알아서 될 거라고.

-????
-뭐가 알아서 되는데!

팬들이 계속 물어도 준비가 된 것 같은 자신만만 태도로 똑같은 답변만 반복될 뿐이었다.

그쯤해서 이제는 세달백일의 아이덴티티가 된 '그 시

간'이 돌아왔다.

　[물을 마십니다…….]
　[물은 정말 소중합니다…….]
　[물은 생명이야…….]

중간 광고 시간이었다.

-ㅋㅋㅋㅋㅋㅋㅋㅋㅋ
-영혼 어디 갔는데ㅋㅋㅋㅋ
-그렇게 쓸 거면 그 영혼 나 주면 안 돼?

　첫 스트리밍 당시 팬들의 요청으로 장난삼아 시작했던 중간 광고였지만, 이제는 세달백일의 아이덴티티가 되었다.
　하지만 놀랍게도.

-어, 뭐야? 라벨 보이는데?
-방송사고다!ㅋㅋ

　이걸 눈여겨보고 있었던 광고 담당자들도 있었다.

[심층 지하수에서 직접 담은 생생하고 팔팔한 물.]

[생생 팔팔이 아니라, 생명력 넘치고 깨끗한 물이야…….]

[직접 담진 않으셨을걸……?]

[심층 지하수에서 끌어올린 생명력 넘치고 깨끗한 물.]

[아아, 개운하고 깔끔한 맛!]

-ㅋㅋ아니 생수에 깔끔한 맛은 뭔뎈ㅋㅋ

반쯤 장난처럼 진행되는 것 같았지만, 사실은 전부 대본이었다.

스트리밍에서만 끝나는 게 아니라, 공식 채널에도 업로드하기로 약속이 되어 있었고.

그렇게 광고가 끝나 갈 때쯤, 한시온이 입을 열었다.

세달백일 스트리밍에 또 하나의 국룰이 있다면, 중간 광고 타임 이후에는 어떤 식으로든 뭔가를 발표한다는 것이었다.

물론 그 발표가 늘 거창한 건 아니었다.

음방 출연 예고(기사가 나오기 전에 스트리밍에서 이야기했다)처럼 거창한 것도 있었지만, 대부분은 사소했다.

쉬는 시간에 만든 팬 송을 공개하기도 하고, 멤버들의 건강검진 결과를 공개하기도 했으니까.

즉, 중간 광고 이후에 뭔가를 발표하는 콘텐츠는 이어가지만 거기에 힘을 주는 건 아니란 말이었다.

이번에도 발표는 있었다.

[앨범이 발매됩니다.]
[총 13트랙으로 구성된 정규 1집입니다.]

하지만 사소하지 않았다.

* * *

[세달백일, 정규 1집 발매 예고]
[Colorful Struggle, State Of Mind 포함 13트랙!]
[자생적인 생태계를 구축하는 세달백일, 공식 홈페이지 통해 사전 예약 시작.]
[세달백일, 전통의 음반 판매 마케팅 탈피한다!]

세달백일의 정규 1집에 대한 기사가 쏟아졌다.
동시에 앨범 마케팅과 바이럴도 시동을 걸었다.
드디어 세달백일에게도 홍보와 마케팅을 주관하는 인력이 생겼기 때문이다.
BVB 엔터에서 세달백일로 이적한 서승현 팀장과 그가

꾸린 팀이었다.

물론 비난조의 기사가 없는 건 아니었다.

[공홈-〉 온라인 음반 판매처 연동? 차트 집계에 문제는 없나? 일각에서는 사재기에 극히 취약한 구조라는 지적도.]

[세달백일의 1집 판매, 아이돌 음반 생태계에 보내는 비판 메시지.]

[서바이벌 프로그램으로 데뷔한 세달백일, 그들의 고고한 이상은 존중받을 수 있나.]

이런 기사가 쏟아지는 것은 비단 라이언 엔터 때문은 아니었다.

이번만큼은 세달백일과 관련해 중립을 지키고 있던 여타 엔터테인먼트들이 벌떡 일어났다.

세달백일이 업계의 상도덕을 지나치게 침해했기 때문이었다.

[세달백일 스트리밍 내용 정리. 사견 빼고 객관적 정보만.]

……그리고 SBN 음방은 사녹 + 본방임. 사녹곡은 케이팝 스트러글이고, 사녹 인원은 150명.

최재성 스넘제는 촬영 중이라고 함. 또 뭔가 예능적으로 하고 있는 것 같은 뉘앙스였는데, 알려 주진 않음.

이제 앨범 이야기.

EP 아니고 정규 1집.

케이팝 스트러글은 보너스? 히든? 그런 트랙으로 들어가고, 컬러풀 스트러글 포함해서 총 13트랙.

타이틀은 State Of Mind 같긴 한데, 확실하진 않음.

앨범명이 〈The First Day〉라서 동명의 타이틀곡이 있지 않을까 추측 중.

여기서부터 좀 당황스러운 내용.

예약 판매를 본인들 홈페이지에서 받음. 판매처와 협업해서 연동된다고 했음.

공홈에서 받는 이유는 굿즈 때문이 제일 큰 거 같은데, 원하는 멤버 포카+굿즈를 보내 준다고 함.

물론 매장에 깔리는 건 랜덤.

그러니까 원하는 포카나 굿즈 있으면 예약하라는 거임.

앨범 가격은 13,000원…;;

한시온 피셜로 팬싸 컷은 최대한 낮추고 싶다고 함.

매장에서 구매량 줄 세우기는 아예 안 할 거고 100% 랜덤 뽑기인데, 앨범 1장당 1회 추첨 아니라, 인당 1회로 하고 싶다고 함.

근데 이게 인력이 너무 많이 들고, 현실적으로 불가능한 지점이 많아서 고민 중이라고 함.

어쩌면 공홈 예약 판매로만 팬싸를 추첨할 수도 있을 듯? 그러면 1계정 1추첨 가능하니까.

필요한 만큼만 샀으면 좋겠다고 함. 그래도 한 장은 좀 서운하고, 두 장 사서 친구나 가족에게 선물로 주면 좋겠다고 농담함.

그다음에는······.

(중략)

.

.

(댓글 보고 추가)

방송 중에 다른 그룹의 앨범 판매 방식에 대해서는 아무 언급도 없었음.

그냥 자기들은 이렇게 하고 싶다고 했음.

억까ㄴㄴ

————————————————

대한민국의 수많은 엔터테인먼트들이 보기에 세달백일의 1집 판매 방식은 그들의 마케팅 논리를 위협할 요소가 너무나 많았다.

앨범 가격도 너무 싸고, 굿즈도 원하는 멤버의 것을 골라서 제공한다.

또한 팬 사인회 커트라인을 최대한 낮춰서 실제로 팬들이 소장할 앨범만 팔고 싶어 한다.

만약 이런 걸 비인기 그룹이 했다면 비웃고 말았을 것이었다.

어차피 앨범이 안 팔릴 걸 아니까 명예로운 죽음이라도 선택하려는 것이냐며.

하지만 세달백일은 좀 다르다.

이들이 하는 행동은 '다름'으로 취급받지 않는다.

'앞서 있는 것'으로 취급받는다.

현시점에 제일 잘나가는 그룹이 이런 방식을 채택한다면 다른 그룹들은 어떻게 되겠는가?

늘 하던 걸 하면 욕을 먹을 수도 있다.

그렇기 때문에 수많은 엔터테인먼트 회사에서 눈살을 찌푸리고 일어선 것이었다.

당연히 타 그룹의 팬덤들도 민감하게 반응했다.

이렇게 되면 세달백일만 팬들을 위하고, 다른 그룹은 돈에만 혈안이 된 것처럼 포지셔닝이 될 수도 있으니까.

하지만 전혀 의외의 곳에서 세달백일을 향한 지원 사격이 들어왔다.

첫 번째는 어처구니없게도 환경 단체였다.

2017년은 탄소 중립에 대한 논의가 국민적으로 활발하게 이루어지고, 국가 기관이 출범하는 시기는 아니었다.

하지만 플라스틱을 줄여야 하며, 탄소도 줄여야 한다는 논제 자체는 많았다.

그런 의미에서 환경 단체들은 종종 CD 케이스에 담긴 실물 앨범이 아니라, USB 앨범을 지지하는 발언을 하기도 했다.

이들이 전혀 관련 없는 곳에서 관련 없는 이야기를 하다가 세달백일의 앨범에 대한 이야기를 한 것이었다.

-문화를 즐기지 말자는 이야기가 아니에요. 우리는 이제 호모 루덴스(유희하는 인간)의 시대에 살고 있으니까요.

-다만, 그 문화의 향유가 후손들의 미래를 앗아 가면 안 된다는 거죠. 오늘 아침 기사를 보니까 세달백일이라는 그룹의 마케팅 방법이 화제라죠? 저는 정말이지, 너무 똑똑한 청년들이라고…….

두 번째 지원 사격은 한때 그럭저럭 잘나가는 아이돌이

었다가 이제는 인터넷 개인 방송을 하고 있는 유명 스트리머였다.

웃긴 연예계 썰을 종종 풀긴 하지만, 어그로가 끌릴 만한 이야기는 전혀 하지 않는 이가 세달백일을 입에 담은 것이었다.

-솔직히 아이돌들 대부분은 세달백일처럼 하고 싶어 할 걸요? 회사가 허락을 안 해서 문제지.
-전 잘하는 아이돌 가수들이 진짜 많은데도 뮤지션이 아니라 묶어서 취급받는 이유가 마케팅 방법 때문이라고 생각해요.
-음악을 음미하는 걸 제일 뒷전으로 미뤄 놓잖아요. 회사의 기조 자체가.
-아, 맞아. 이건 손익 분기점을 넘기고 정산을 받을 수 있는 가수들에게만 한정된 이야기긴 해요.

이쯤 되니, 아이돌판의 분위기가 살짝 바뀌었다.
생각해 보면 그렇다.
그들이 좋아하고 서포트하는 가수들이 마케팅을 결정하는 게 아니라, 회사에서 결정하는 것이니까.
물론 아이돌의 마케팅에 자본주의 논리가 들어가는 건 지극히 당연한 일이다.

회사 입장에서 수익을 극대화하는 게 나쁜 일도 아니고. 하지만 종종 빈정이 상하게 만드는 곳도 있는 게 사실이었으니까.

-(사진)(사진) 오늘자 케이 트위터. 피지컬 앨범 한 장 올려 둔 게 의미심장하지 않음?
-솔직히 케이는 예전부터 팬들이 돈 너무 많이 쓰는 거 걱정된다는 뉘앙스로 많이 말했음.

그리고 너무나 당연한 말이지만…….

-ㅋㅋㅋㅋㅋ힙시온쉑. 왜 아이돌을 하나 했더니 아이돌을 하는 게 아니었네ㅋㅋㅋ 그냥 지 맘대로 하는 거였음ㅋㅋㅋ
-아니 만삼천 원이면 나도 사고 싶은데? 앨범 퀄은 컬러풀 스트러글이랑 스테이트 오브 마인드 두 곡만 들어도 보장되는데;
-ㅋㅋㅋㅋ살 거면 포카 뭐 받을지 골라라ㅋㅋㅋㅋㅋㅋㅋㅋㅋㅋㅋ
-ㅅㅂ 포카 안 받기 없냐.
-이 환경에 미친놈들 생각해 보면 노 포카 버전도 만들어 줄 듯ㅋㅋㅋ

-플라스틱에 고통받는 바다 거북이를 생각하라구!
-똑똑한 청년.
-아니 근데 뮤비에도 돈 좀 태운 것 같던데 대체 돈은 어디서 벌 생각이냐??
-얘네는 정산 갈라 먹는 회사가 없잖아.
-걱정마라. 광고계의 블루칩이 되어 가는 중이다. (링크).
-생생 앤 팔팔이라구? 이건 좀 끌리는 생수인걸?
-깔끔한 맛ㅇㅈㄹㅋㅋㅋㅋ

아이돌 문화와 완전히 분리된 대중들은 세달백일의 행보에 박수를 보냈다.
이 모든 게 단 하루 만에 벌어진 일이었다.
연예 기사란, 사회 기사란, 음원 차트, 실시간 검색 순위, SNS 검색 버즈량 등등.
모든 지표에서 1위를 기록한 세달백일은.
"어우……."
"일어나. 세 시야. 나가야지."
첫 음방을 위해 새벽 3시에 기상 중이었다.

(빌어먹을 아이돌 7권에서 계속)